Ralf Strackbein

Tristan Irle

Der Killersteig

Ein Siegerländer Kriminalroman

Magolves-Verlag
Siegen

www.magolves.com

1. Auflage 2006
1.–5. Tausend
Magolves-Medienservice
Magolves-Verlag

Umschlag-Gestaltung: Michaela Becker
Satz und Buchherstellung:
Vorländer GmbH & Co. KG, Siegen

ISBN-10: 3-935378-15-7
ISBN-13: 978-3-935378-16-1

Das Buch wurde auf chlorfrei gebleichtem Papier gedruckt.

Zum Buch:

Die Idee zu diesem Buch kam mir bei einer Wanderung, natürlich auf dem Rothaarsteig. Es stand von vorneherein fest, dass eine Gruppe Polizisten den Rothaarsteig entlangwandern sollte, doch wie – so fragte ich mich – kann man eine Geschichte glaubwürdig erzählen, wenn zu Beginn ein Polizist auf- und dann sehr schnelle abtritt, ohne dass die ganze Gruppe die Wanderung abbricht? Nun, mir fiel eine Lösung ein, und ich hoffe, sie wird Ihnen gefallen.

Die zahlreichen Informationen, die die Wandergruppe rund um Staatsanwalt Büdenbender und Tristan Irle während ihrer Wanderung erhalten, stammen u. a. aus dem „Original ErlebnisWanderführer Rothaarsteig", herausgegeben vom Rothaarsteigverein e.V., sowie aus dem Fotoband „Rothaarsteig – Der Weg der Sinne" von Klaus-Peter Kappest, die ich jedem Interessierten nur empfehlen kann.

Darüber hinaus habe ich den ein oder anderen Handlungsort selbst aufgesucht und hier und da für die Geschichte ein wenig verändert. Schließlich ist es eine fiktive Geschichte, und sollten dennoch Ähnlichkeiten mit realen Tatbeständen, lebenden oder juristischen Personen, Örtlichkeiten, Körperschaften, Unternehmen, Gesellschaften oder Organisatoren, natürlichen oder übernatürlichen Hierarchien auftreten, so ist dies rein zufällig.

Siegen, September 2006
Ralf Strackbein

Kreis Siegen-Wittgenstein

Übersichtskarte

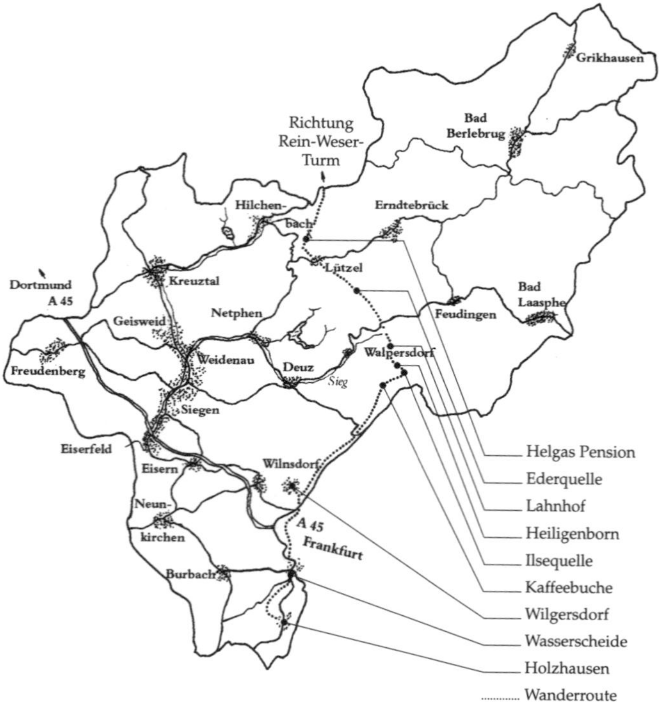

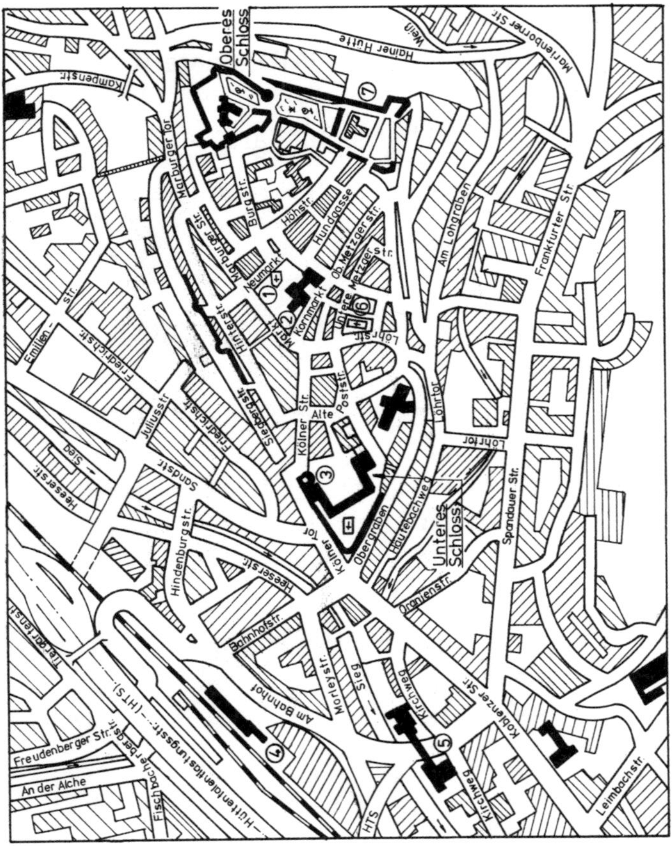

1 Nikolaikirche

2 Rathaus I und Marktplatz

3 Dicker Turm mit Glockenspiel

4 Hauptbahnhof

5 Landgericht

6 Marienkirche und Tristans Zuhause

7 Schlosspark

Dieses Verzeichnis von Personen, die mehr oder weniger in das Geschehen der Handlung eingreifen, soll der Leserin, dem Leser eine praktische Hilfe sein. Das Personenverzeichnis ist als Vereinfachung und nicht als Täuschung gedacht.

Polizei:

Martin Mockenhaupt, Opfer und Polizeihauptmeister.

Daniela Henze, Freundin des Opfers, Polizeikommissarin.

Waltraut Müller, nicht auf den Kopf gefallen, Polizeikommissarin.

Nadine Fischbach, selbstbewusst und für Abenteuer offen, Polizeikommissarin.

Paul Pommert, mit Berufserfahrung, Polizeihauptmeister.

Gerd Schlotter, hält nichts vom Studium, Polizeihauptmeister.

Uwe Nudel, eine reizbare Person, Polizeihauptmeister.

Friedrich Büdenbender, Staatsanwalt mit besonderen Ideen.

Otto Otterbach, Landrat und gerne an der frischen Luft.

Norbert Pfeiffer, Hauptkommissar, mit Stöcken unterwegs.

Werner Holzbaum, Kommissar, hält vom Wandern gar nichts.

Marie Schulte-Henrich, Richterin, neu in der Stadt.

Gäste:

Mike Müller-Ehrenfried, Ranger und Forstbeamter.

Dr. Chantal Remané, Ärztin und in Notfällen zur Stelle.

Freunde:

Tristan Irle, Privatdetektiv und im Wald unterwegs.

Helga Bottenberg, Freundin des Detektivs und Pensionsbesitzerin.

Erich Roth, Diakon mit einer guten Idee.

Marlowe, ein weißer Kakadu auf Abwegen.

1. Die Anspannung war ...

Mittwochabend, Holzhausen

Die Anspannung war den Teilnehmern ins Gesicht geschrieben. Keiner der in Wanderkleidung erschienenen Frauen und Männer konnte die Begeisterung mit einem weißhaarigen Mann teilen, der mit allerlei Gesten auf dem Parkplatz der Kreispolizeibehörde in Siegen hin und her lief.

»Er wird noch einen Herzinfarkt bekommen«, sagte Paul Pommert, Polizeihauptmeister und mehr oder weniger freiwilliges Mitglied einer Wandergruppe, die den „Rothaarsteig" von Süden nach Norden bezwingen wollte.

Seine Kolleginnen und Kollegen nickten und behielten Landrat Otto Otterbach im Auge.

Neben dem Landrat standen die Bürgermeister aus Burbach, Wilnsdorf, Netphen und Hilchenbach. Zusammen mit Otterbach posierten sie vor einer Schar Fotografen, die die mehr oder weniger sportlichen Männer in Kniebundhosen, Cargo-Hosen oder einfachen Jeans, karierten Hemden und stollenbespickten Wanderschuhen fotografierten.

»Wie konnten wir das hier zulassen?!« stöhnte Nadine Fischbach, Polizeikommissarin, und rückte ihren Rucksack auf ihren Schultern zurecht.

»Wir hatten keine Wahl«, erwiderte Paul und bekam von der siebenköpfigen Mannschaft, die der Landrat zusammen mit Staatsanwalt Friedrich Büdenbender und Polizeidirektor Wilhelm Flender zusammengestellt hatte, ein bejahendes Gemurmel zu hören. Die Polizistengruppe verfolgte weiter das Treiben der Fotografen, und als diese alle ihre Fotos geschossen hatten, sagte Nadine: »Das wird unserem Staatsanwalt nicht gefallen. Er ist auf keinem Foto drauf.«

»Oh, oh, dabei war es doch seine geniale Idee, eine öffentlichkeitswirksame Aktion seitens der Polizei zu starten«, giftete Paul. »Ich frage mich bloß, was die vielen Politiker hier verloren haben, wenn es um unsere Arbeit gehen soll?«

»Das verstehst du nicht«, grinste Nadine, eine zierliche Brünette, die dienstgradmäßig über Paul stand, aber um gut ein Dutzend Jahre jünger war als der Polizeihauptmeister, der mehr Berufserfahrung hatte. »Ohne die Legislative wäre doch die Exekutive viel zu gefährlich.«

»Wir wandern durch den Wald«, entgegnete Paul gereizt, »wir haben ja nicht einmal unsere Waffen dabei!«

»Da kommt übrigens die Judikative«, mischte sich Waltraut Müller, ebenfalls Polizeikommissarin, ein, die neben Nadine stand.

Die Polizisten beobachteten, wie Staatsanwalt Friedrich Büdenbender mit zwei Staatsbürgern über den Parkplatz in Richtung Otto Otterbach spazierte.

»Wer sind die beiden bei Büdenbender?« fragte Nadine.

»Warte mal, ich schaue auf der Liste nach«, Paul kramte einen ramponierten Zettel aus seinem Rucksack und las: »Das dürften Dr. Chantal Remané und Mike Müller-Ehrenfried sein.«

»Und welche Funktion haben die?« hakte Waltraut nach, während sie ihr langes, schwarzes Haar zu einem Pferdeschwanz zusammenband.

»Keine Ahnung«, Paul schüttelte den Kopf, »das steht hier nicht.«

»Das wird ja langsam ganz schön voll«, bemerkte Nadine nachdenklich, »da werden wir wenige Tiere zu Gesicht bekommen.«

»Soviel ich weiß«, erklärte Paul und steckte den Zettel zurück in seinen Rucksack, »laufen die Herren Bürgermeister nicht mit. Sie sind nur wegen des Fototermins in Wandermontur erschienen.«

»Ganz schön clever«, maulte Nadine, deren blaue Augen auffunkelten. »Wir laufen die ganze Strecke bis zum Rhein-Weser-Turm.«

»Jetzt reg dich nicht auf«, sagte Waltraut sarkastisch, »wir haben doch nur 70 Kilometer zu bewältigen.«

»Sprich nicht davon«, erwiderte Nadine und hob abwehrend die Hand, »sonst wird mir jetzt schon schlecht.«

Staatsanwalt Büdenbender trat mit den beiden Fremden zur Polizistengruppe.

»Schön, dass Sie anwesend und gesund sind«, begrüßte er die Beamten. »Darf ich Ihnen Dr. Chantal Remané und Mike Müller-Ehrenfried vorstellen? Dr. Remané ist Ärztin und wird für Notfälle bereitstehen. Sie begleitet uns auf dem ganzen Weg. Ranger Mike, wie ich meinen guten Bekannten immer nenne, ist Forstbeamter und für den Steig als Ranger eingeteilt. Er wird uns während des Ausflugs Geschichten, Mythen und alles zur Fauna und Flora entlang des Wanderweges erzählen. Mein Büro hat alles Organisatorische geklärt, so dass wir aufbrechen können.«

»Wir sind noch nicht komplett«, sagte Paul, und seine Stimme pendelte zwischen freudiger Erwartung und andeutungsweisem Entsetzen.

Büdenbender zählte die Gruppenmitglieder und sagte: »Sie sind zu siebt, wer fehlt denn noch?«

In diesem Moment raste ein ziviles Fahrzeug mit überhöhter Geschwindigkeit die Parkplatzrampe herauf und kam quietschend vor der Gruppe zum Stehen.

Die Fahrertür wurde aufgestoßen.

»Wir sind da!« rief ein quirliger Hauptkommissar Norbert Pfeiffer und eilte zum Kofferraum.

»Wer hat denn den eingeladen?!« Büdenbenders Blick hätte in diesem Moment dem Teufel Konkurrenz gemacht.

»Das war ich«, rief der Landrat und eilte heran. »Was wäre diese Publicity-Aktion ohne unseren bekannten Hauptkommissar Norbert Pfeiffer aus der Kriminalhauptstelle Hagen?«

Unterdessen stieg auf der Beifahrerseite Kommissar Werner Holzbaum aus. Der schwergewichtige Kommissar trug eine Kniebundhose, über deren Ende sich ein mächtiger Bauch, von einem Flanellhemd umhüllt, wölbte. Holzbaums freundliches Bulldoggengesicht hatte so gar nichts von der erwartungsfrohen Ausstrahlung, mit der sein Chef nun den Kofferraum öffnete und wieselartig einen Rucksack sowie zwei Nordic-Walking-Stöcke herausnahm.

»Sieh dir die Stöcke an«, flüsterte Nadine ihrer Freundin Waltraut zu. »Ein Überzeugter!«

»Das wird Diskussionen geben«, antwortete Waltraut leise, »an deren Ende man wegen seiner Meinung verbrannt wird.«

»Jetzt haben wir ein Problem«, sagte Büdenbender aufgebracht zu Otterbach, der jedoch mehr Interesse für die beiden Nordic-Walking-Stöcke zeigte.

»Wie?« brummte Otto Otterbach, ohne den Staatsanwalt anzusehen. Der Landrat gehörte zu der Art von Politikern, die einen mit Akribie ausgewählten Wortschatz benutzten. Das Wort „Problem" gehörte nicht zu den bedauernswerten Gewinnern.

»Wir haben zwei Betten zu wenig«, zischte der Staatsanwalt und hätte beim Anblick des gewichtigen Holzbaum auch gerne noch die Verpflegung angeführt, doch ihm fiel noch rechtzeitig das neue Anti-Diskriminierungsgesetz ein, und so beließ er es bei dem Bettenproblem.

»Das wird doch zu lösen sein«, wiegelte Otterbach ab und wandte sich Pfeiffers Stöcken zu: »Das sind die neuen Carbonfaserschäfte, nicht wahr?«

Der Hauptkommissar lächelte und reichte dem Landrat ein Stock-Exemplar.

Büdenbender, viel zu sehr Profi, um jetzt noch das Projekt zu gefährden, übertünchte seinen Ärger mit einem schmierigen Lächeln und nickte. »Ich werde mein Büro veranlassen, das Nötige zu unternehmen.«

»Schön, dann lassen Sie uns aufbrechen«, rief der Landrat und reichte Pfeiffer den Stock zurück. »Ein wirklich gutes Paar.«

»Danke, Landrat«, strahlte Pfeiffer, der dem neuen Hobby erst seit kurzem frönte.

Der Staatsanwalt schüttelte den Kopf und gab sich geschlagen. Dr. Chantal Remané trat unterdessen lächelnd an ihn heran.

»Dann müssen wir uns wohl ein Bett teilen«, säuselte sie ihm ins Ohr.

2

Betrachtet man den Landkreis Siegen-Wittgenstein aus dem All, dann stellt man fest, dass die wunderschöne Mittelgebirgslandschaft im Süden vom Westerwald und im Norden sowie im Osten vom Rothaargebirge begrenzt wird. Der größte im Westen liegende Gebirgszug nennt sich Giebelwald.

Der beherrschende Gebirgszug des Kreisgebietes ist das Rothaargebirge, das im Südosten der Großstadt Siegen beginnt und sich in nordöstlicher Richtung bis ins Sauerland hineinstreckt. Das Gebirge ist Ursprungsort der Flüsse Lahn, Eder, Ruhr und Sieg. Seit Jahrtausenden siedeln die Menschen in dieser Region. Sie förderten Erz und verhütteten es bereits, als in Rom noch Lehmhütten standen. Aus einer dieser Siedlungen wuchs in den Jahrhunderten die Stadt Siegen, die sich gerne damit schmückte, dass Peter Paul Rubens in ihr das Licht der Welt erblickte.

Die Siegerländer und Wittgensteiner gehörten einem Menschenschlag an, dessen Lebensquell zurück bis ins Untere Devon reichte, was manchen *Usswärdijen* zu der Bemerkung reizte, dass sich seit den Brachiopoden nicht viel getan hätte.

Die heimische Bevölkerung nahm den Vergleich mit Armfüßlern gelassen auf. Schließlich schöpfte sie ihr Selbstvertrauen unter anderem aus purem Quellwasser, das erquickend klar aus ihren Wasserhähnen sprudelte. *Usswärdije* staunten nicht schlecht, wenn sie selbst in der Großstadt Siegen Leitungswasser nicht von einem teuren Tafelwasser unterscheiden konnten.

So erging es auch Richterin Marie Schulte-Henrich, als ihr Tristan Irle, Privatdetektiv, ein Glas Wasser reichte.

Die Richterin und der Detektiv saßen auf einer erst kürzlich renovierten Holzbank vor einem alten Fachwerkhaus mitten in der Altstadt Siegens. Ihnen gegenüber ragte die Marienkirche empor. Ein kleiner, gepflasterter Hof, in den die Nachmittagssonne ihre wärmenden Strahlen warf, lag zwischen der Kirche und einer Reihe weiterer Fachwerkhäuser, die sich eine kleine Anhöhe hinauf an Tristans Haus anschlossen. Im Norden des Hofes plätscherte Wasser in einen Brunnen.

Die Richterin war neu in der Stadt und hatte den Nachmittag genutzt, sich ein wenig in der Altstadt umzusehen. Dabei hegte sie die vage Hoffnung, auf den Mann zu treffen, der seit Jahren mysteriöse Mordfälle im Kreisgebiet aufklärte. Mitarbeiter hatten sie auf diesen Privatdetektiv aufmerksam gemacht, der von einem bescheidenen Erbe mehr oder weniger finanziell unabhängig lebte und dessen Arbeit mit dem üblichen Beschattungsgeschäft eines Privatdetektivs so wenig gemein hatte wie die eines Schlossers mit einem Raketentechniker.

Allerdings irritierte sie Tristans Erscheinungsbild.

Die modisch interessierte Richterin hatte zuletzt ihren Großonkel in einer Strickjacke herumlaufen sehen. Sie überragte den Detektiv um gut eine Kopflänge, was einen freien Blick auf den lichter werdenden Haarschopf des Mannes gewährte. Ihre Mitarbeiter schienen bei der Darstellung der zahlreichen Abenteuer, die dieser Mann lebend überstanden haben sollte, eindeutig übertrieben zu haben. Der leichte Bauchansatz und die durch eine goldene Halbbrille klar erkennbare Sehschwäche sprachen offensichtlich gegen supermannähnliche Fähigkeiten.

Was sie jedoch ein wenig verunsicherte, waren Tristans klare, lindgrüne Augen, die jede ihrer Bewegungen aufmerksam verfolgten, und ein weißer Kakadu, der in dem Brunnen gegenüber der Sakristei mit sichtlichem Vergnügen badete.

»Man hat mir von Ihrem Vogel berichtet«, sagte sie freundlich und deutete auf das Tier.

»Kakadu«, erwiderte Tristan. »Sein Name ist Marlowe.«

»Oh, so lautet doch der Name des Detektivs in den Romanen von Raymond Chandler, die mit Humphrey Bogart verfilmt wurden«, sagte sie und freute sich ein wenig, mit ihrem Wissen angeben zu können.

»Genau nach diesem ist er benannt«, nickte Tristan.

»Allerdings hat er so gar nichts von Bogart«, meinte sie herablassend.

Der Detektiv grinste.

Das Beste würde ja erst noch kommen.

In diesem Moment entschied sich Marlowe, den Brunnen zu verlassen, und hob mit schnellen Flügelschlägen ab. In einem großen Bogen flog er über den Hof und landete in einem der jungen Kastanienbäume, die den Nebeneingang der Marienkirche flankierten. Vom Baum aus betrachtete er einen Augenblick neugierig die

Fremde, die neben seinem Herrchen auf der Bank saß, dann stürzte er sich herab und landete sicher auf Tristans ausgestrecktem Arm, sträubte seinen Kamm und brabbelte: »Was weiß man von den Sittenrichtern? – / Sie lebt von ihrem Mann geschieden, / hat Schulden, ist nicht immer nüchtern – / Aha, jetzt sind wir schon zufrieden!«

»Er spricht!« erschrak die Richterin und hätte fast das Glas Wasser verschüttet, das sie noch in der Hand hielt.

»Fast so gut wie Humphrey Borgart«, lächelte Tristan stolz.

3

Die beiden Mannschaftsbusse der Kreispolizeibehörde fuhren mit angemessenem Tempo über die Autobahn 45 in Richtung Frankfurt. Pfeiffer saß mit seinem Kollegen Holzbaum auf der Rückbank des zweiten Busses und zuckte jedes Mal zusammen, wenn ein PKW den Bus überholte.

»Moderates Tempo«, grinste Holzbaum, dem die Fahrgeschwindigkeit des Mannschaftsbusses außerordentlich guttat.

Bei Pfeiffer hingegen verursachte das Dahintrödeln des Busses puren Stress, der sich in Form eines erhöhten Blutdruckes äußerte. Nervös wippte er mit dem rechten Fuß, bis sie endlich die Autobahn über die Ausfahrt Burbach verließen.

»Na endlich«, stöhnte der Hauptkommissar und bemerkte zu seinem Schrecken, dass die Polizeikollegen zu singen begonnen hatten.

»Hoch auf dem gelben Wagen ...« dröhnte es in seinen Ohren.

Er blickte zu Holzbaum, der begeistert mitsang. Viel schlimmer noch, Holzbaum forderte ihn auf, ebenfalls mitzusingen, was der Hauptkommissar mit allerlei Gesten ablehnte.

Es war eine Sache, sich sportlich zu betätigen und eine ganz andere, plötzlich zu einem singenden Wandersmann zu mutieren. Das eine ging in Ordnung, vor dem anderen sollte Gott ihn behüten. In sich zurückgezogen erduldete er die letzten Kilometer bis zu ihrem Ziel, dem Gasthaus und Hotel „Hannes" in Holzhausen.

Mit einem ordentlichen Sirenengeheul bogen die beiden Mannschaftsbusse auf den kleinen Parkplatz des exklusiven Hotels.

»Wir sind da!« rief Paul von vorne, als hätten die anderen es nicht mitbekommen.

»Das kann ja lustig werden«, brummte Pfeiffer und schnappte sich seine Stöcke und den Rucksack.

»Was hast du?« fragte Holzbaum, der die Rückbank etwas langsamer verließ. »Es war deine Idee, mitzuwandern.«

»Erinnere mich bitte nicht zu oft daran«, schnaufte Pfeiffer und stieg aus, ohne auf seine Umgebung zu achten.

Das tat vielmehr Holzbaum. Anders als sein Kollege neigte der gewichtige Kommissar dazu, seine Umgebung wahrzunehmen.

»Wow«, rief er, als sein erster Blick auf das alte Fachwerkhaus traf. »Sieh dir dieses Haus an!«

Pfeiffer sah auf.

Vor ihnen lag ein architektonisches Kleinod: ein 300 Jahre altes Fachwerkhaus, das eingebettet in einen historischen Dorfkern seine Gäste erwartete.

»Jetzt wollen wir nur hoffen«, rief Büdenbender den beiden Kommissaren zu, »dass nicht alle Betten belegt sind.«

»Der hat ja eine Laune«, flüsterte Holzbaum. »Als wäre es unsere Schuld.«

Pfeiffer wischte die Kommentare des Staatsanwalts mit der linken Hand beiseite. »Er ist bloß sauer, weil ihn der Landrat übergangen hat. Der beruhigt sich schon wieder.«

Holzbaum verdrehte überrascht die Augen. So viel Nachsichtigkeit hatte er bei Pfeiffer das letzte Mal erlebt, als dieser auf Freiersfüßen wandelte.

Die Polizeigruppe trottete dem Eingang entgegen, wo der Hausherr sie mit einem Glas Sekt empfing. Der Landrat nahm sich das erste Glas und forderte die Damen auf, es ihm gleichzutun.

Nach und nach bedienten sich auch die Herren, bis jeder ein Glas in der Hand hielt.

»So wünsche ich in Zukunft morgens zum Dienst begrüßt zu werden«, rief Nadine dem Landrat kokett zu.

»Wenn wir den Haushalt in Ordnung gebracht haben«, erwiderte der Landrat in Feierlaune, »dann sprechen Sie mich darauf nochmals an. Prost!«

Wie sich herausstellte, standen sieben Zimmer für die Übernachtung bereit. Da die Gruppe momentan aus dreizehn Personen bestand, gönnte sich der Landrat ein Doppelzimmer für sich allein, während die anderen sich in Pärchen zusammenschlossen, die vorher schon ausgemacht waren. Nadine und Waltraut, die beiden Polizeikommissarinnen, verschwanden als Erste. Ihnen folgten Paul Pommert und Gerd Schlotter, beide Polizeihauptmeister. Martin Mockenhaupt, Polizeihauptmeister, und Daniela Henze, Polizeikommissarin, belegten das vierte Doppelzimmer. Uwe Nudel, Polizeihauptmeister, und Ranger Mike Müller-Ehrenfried hatten sich auf der Anfahrt angefreundet und belegten das fünfte Gästezimmer. Pfeiffer und Holzbaum standen ebenfalls als Zimmernachbarn fest, und so grinste Dr. Chantal Remané verwegen Staatsanwalt Büdenbender zu, als sie die Schlüssel für das siebte Doppelzimmer entgegennahm.

»Wir treffen uns in einer halben Stunde zur Besprechung im Restaurant«, rief Büdenbender den anderen hinterher, dann folgte er der Ärztin.

Die Besitzer des kleinen Hotels hatten den sieben Zimmern Namen gegeben. So fanden sich Nadine und Waltraut im „Rosenzimmer“ wieder.

»Was glaubst du«, fragte Nadine und legte ihren Rucksack aufs Bett, »sind der Staatsanwalt und die Ärztin ein Liebespaar?«

»Sie waren es mal«, antwortete Waltraut, »vielleicht erinnerst du dich an den Mordfall im Krankenhaus vor ein paar Jahren. Diese Chantal war dort Ärztin.«

»Ist sie es nicht mehr?« Nadine entledigte sich ihrer Wanderschuhe und ließ sich neben dem Rucksack aufs Bett fallen.

»Keine Ahnung«, stöhnte Waltraut und tat es ihrer Freundin gleich. Sie zog sich ebenfalls ihre Wanderschuhe aus und legte sich neben Nadine. Verschwörerisch sah sie Nadine an und sagte: »Jedenfalls ihren Blicken nach zu urteilen wird der liebe Herr Staatsanwalt eine anstrengende Nacht vor sich haben.«

»Du bist unmöglich!« rief Nadine und gab ihrer Freundin einen Klaps. Dann blickte sie ernst und sagte: »Ich dachte immer, Daniela wäre mit Nudel zusammen.«

»Frau Kommissarin, was hast du eigentlich während deines Studiums gelernt«, mahnte Waltraut. »Das sah man doch schon vor Wochen, dass es zwischen dem Nudel und Daniela nicht mehr stimmte.«

»Aber so schnell den Hengst zu wechseln«, grinste Nadine, »das hätte ich ihr nicht zugetraut.«

»Die Kleine spielt nur die Brave«, meinte Waltraut. »Hast du gesehen, wie die sich an den Mockenhaupt angeschmiegt hat?«

»Ich glaube, die werden auch nicht viel von der Nacht haben«, grinste Nadine. »Mich wundert es nur, dass Nudel das alles so hinnimmt. Ich meine, der geht bei jeder Kleinigkeit in die Luft, und jetzt macht seine Ex vor ihm rum und er bleibt ganz ruhig.«

»Vielleicht ist er nur krank«, witzelte Waltraut. »Aber was hältst du von diesem Ranger Mike?«

»Einen süßen Po hat er«, antwortete Nadine.

»Po!« lachte Waltraut, »seit wann drückst du dich so vornehm aus?«

»Wir sind hier in einem feinen Hotel«, erwiderte Nadine. »Und wie findest du ihn?«

»Schließe mich dir an«, antwortete Waltraut, »wobei ich andere Wörter benutzen würde, wenn wir nicht in so einem vornehmen Hotel wären.«

»Ja, sicher«, nickte Nadine. Dann sah sie ihre Freundin herausfordernd an. »Also, die gleichen Spielregeln wie immer?«

»Abgemacht!«

Sie klatschten sich ab und starteten damit einen Wettbewerb, dessen ahnungsloses Opfer zwei

Türen weiter damit beschäftigt war, seinen Rucksack auszupacken.

4

Der Richterin schien es in Tristans Gesellschaft zu gefallen. Seit über einer geschlagenen Stunde saß sie nun auf der kleinen Holzbank und fragte ihm Löcher in den Bauch. Selbst als der Detektiv dringende Arbeiten anführte und so indirekt die Richterin aufforderte, doch bitte zu gehen, überhörte sie das schlicht und stellte einfach eine neue Frage. Marlowe, der leidenschaftlich an Bommeln und Fäden knabberte, hatte einige an ihrer Kleidung gefunden, doch auch dieses ließ sie gewähren und blieb sitzen. Der Detektiv erlebte zum ersten Mal, dass Marlowe freiwillig das Weite suchte und in die jungen Kastanienbäume neben der Marienkirche flüchtete.

Tristan begann fieberhaft nach einer Möglichkeit zu suchen, die Frau möglichst höflich loszuwerden, doch ihm fiel nichts ein. In diesem Moment traf Rettung in Form eines zwei Meter großen Mannes ein, der, schwarz gekleidet, den Hof betrat.

»Was für ein stattlicher Mann«, säuselte die Richterin und rutschte aufgeregt hin und her, als der Mann auf sie zukam.

Erich Roth, Diakon der Marienkirche, trug ausnahmslos Schwarz. Der kleine weiße Streifen am Kragen war für die Richterin nicht gleich zu erkennen, da der Diakon bei spätsommerlichen Temperaturen sozusagen etwas leger daherkam. Nichts ahnend erwiderte Erich das freundliche Lächeln der Richterin.

Tristan erkannte seine Chance und sagte: »Darf ich Ihnen den Diakon der Marienkirche vorstellen?!«

»Diakon?« Die Richterin sah den Detektiv mit großen Augen an. »Ist das nicht so etwas wie ein Priester?«

»Ein Weihegrad niedriger«, erklärte Tristan grinsend, »aber dennoch ein Mann Gottes. Er ist sogar durch Schwarz-Afrika gepilgert, nicht wahr, Erich?«

Erich nickte und reichte der Richterin die Hand.

»Das ist Richterin Marie Schulte-Henrich«, stellte Tristan vor, »Richterin, Erich Roth.«

»Angenehm, Sie kennen zu lernen«, sagte Erich galant.

»Sie sind Priester?« staunte sie immer noch.

»Nicht ganz«, erklärte Erich, »zum Priester bin ich nicht geweiht und werde es wohl auch nicht mehr werden. Aber lassen wir das. Was führt Sie in diesen Teil der Stadt?«

Sie erklärte ihm, dass sie von ihren Mitarbeitern auf Tristan Irle hingewiesen worden sei.

»Und«, grinste Erich, »entsprach mein Freund Ihren Vorstellungen?«

Zum ersten Mal in den beiden Stunden, die sie nun Tristan in Beschlag nahm, war sie sprachlos.

»Das ist aber nicht gerade schmeichelhaft für mich«, sagte Tristan und spielte den Pikierten, während er seinem langjährigen Freund mit rollenden Augen zu verstehen gab, was er in diesem Moment von der Richterin hielt.

»Oh nein«, versuchte sich die Richterin zu retten, die erst jetzt verstand, welchen Eindruck ihr Schweigen hinterlassen hatte. »Sie sind ein sehr interessanter Mensch. Aber ehrlich gesagt hatte ich Sie mir jünger und irgendwie athletischer vorgestellt.«

»Ja, ja, der Bauchansatz«, stichelte Erich und erntete ein breites Grinsen seines Freundes.

»Was hast du gegen meinen Bauch einzuwenden«, erwiderte Tristan, dankbar für diesen Einwand. Jetzt konnte er ein Streitgespräch über Fitness vom Zaun brechen, das würde die Dame vertreiben.

»Nun, zu viel Speck ist ungesund für deinen Blutkreislauf«, sagte Erich und hoffte, das richtige Stichwort für die kleine Charade gegeben zu haben.

»Du weißt sehr genau, dass ich zwei Mal die Woche mein Aikido-Training absolviere«, antwortete der Detektiv in einem Tonfall, der von Freundlichkeit so weit entfernt lag wie Nairobi von Paris.

»Irgendwie scheinst du davon aber nicht dünner zu werden«, erwiderte Erich unbeeindruckt.

»Sie sollten Ausdauersport betreiben«, warf die Richterin ein, die den Stimmungswandel fühlte und langsam aufstand. »Wissen Sie, ich muss jetzt los.«

»Was meinen Sie mit Ausdauersport?« hakte Tristan nach. So einfach sollte sie sich jetzt nicht aus der Affäre ziehen.

»Nun«, die Richterin zupfte unsicher an ihrer Bluse. »Laufen oder Wandern, so wie der Herr Staatsanwalt Büdenbender.«

»Büdenbender wandert?« fragte Tristan erstaunt und hätte beinahe den verärgerten Ton in seiner Stimme verloren.

»Oh ja,«, antwortete die Richterin, »zusammen mit dem Landrat und einer Handvoll Polizisten. Sie wollen in vier Tagen von Süden nach Norden über den Rothaarsteig wandern.«

»Das hätte ich von dem nicht gedacht«, sagte Tristan trocken.

»Nun ja«, nickte die Richterin, »es war nett, Sie beide mal kennen gelernt zu haben.«

Sie verabschiedete sich und verschwand hinter der Marienkirche.

Als sie nicht mehr zu sehen war, stieß Tristan einen lauten Seufzer aus.

»Danke«, sagte er zu Erich. »Ich weiß nicht, ob ich diese Frau noch eine Stunde länger ausgehalten hätte.«

»Na, na«, schüttelte Erich den Kopf und setzte sich zu seinem Freund. »Sie machte doch einen sympathischen Eindruck.«

»Nur auf den ersten Blick«, stellte Tristan klar.

»Wollen wir hoffen, sie nicht so schnell wiederzusehen.«

»Was für eine Richterin war sie eigentlich?«

Tristan fixierte Erichs Römergesicht über den Rand seiner goldenen Halbbrille und antwortete: »Weißt du was, das habe ich gar nicht herausbekommen.«

5

Das Restaurant füllte sich mit den Mitgliedern der Wandergesellschaft. Otterbach ließ es sich nicht nehmen, jeden Einzelnen mit einem festen und herzlichen Handschlag zu begrüßen. Besonders viel Zeit benötigte er bei der Begrüßung der weiblichen Beamten.

»Sehr angenehm, Sie kennen zu lernen«, sagte er augenzwinkernd zu Nadine, die als Letzte das Vergnügen hatte, ihrem Dienstherrn persönlich näher zu kommen.

Die junge, hoch gewachsene Polizeikommissarin blickte Otterbach aus einem Paar blauer Augen an und lächelte. »Schön, dass Sie sich auch einmal Zeit für uns einfache Beamten nehmen«, sagte sie charmant.

Otterbach trat näher an die Polizistin heran.

»Oh, das war doch schon längst einmal fällig«, erwiderte er und berührte sie eher zufällig.

»Wissen Sie«, fuhr Nadine mit einem wohldosierten Lächeln fort, »wenn ich so einen in die

Jahre gekommenen Mann sehe, frage ich mich, ob er den Strapazen dieser Tour gewachsen ist.«

»Diese kleine Wanderung«, tönte der Landrat. »Aber sicher! Lassen Sie sich nicht von meinem weißen Kopfhaar irritieren.«

»Die Wanderung«, flüsterte Nadine sinnlich, »lieber Herr Landrat, die meine ich ja gar nicht!«

Diese Bemerkung wirkte wie ein Zünder in Otterbachs bombenstarker Libido. Für einen Moment verlor er die Kontrolle seiner Gesichtsmuskeln und sorgte damit für allgemeine Heiterkeit.

»Lieber Landrat«, rief Staatsanwalt Büdenbender breit grinsend, »würden Sie sich setzen, wir wollen beginnen. Ach ja, Frau Fischbach, Sie sind eine der ranghöchsten Beamten hier, seien Sie Vorbild und halten Sie Ihren ganz besonderen Charme in Grenzen.«

»Kein Problem«, rief Nadine mädchenhaft, und bevor sie sich zu Waltraut setzte, fügte sie schnell hinzu: »Aber bei unserem Landrat, da wurde ich einfach schwach!«

Büdenbender verdrehte die Augen und sah zu Chantal, die amüsiert die Schulter zuckte.

»Nun denn, lassen Sie uns die Route besprechen«, sagte Büdenbender. »Wir starten morgen in der Früh und wandern hinauf zum Großen Stein. Dort treffen wir dann auf den Rothaarsteig. Wir folgen der Hauptroute nach Würgendorf, wo wir eine kleine Brotzeit einnehmen werden. Es geht anschließend weiter die Kalteiche hinauf bis zum Sinnerhöfchen. Von dort nach Wilgersdorf, wo wir die zweite Nacht verbringen werden.«

»Ich wusste gar nicht«, rief Paul in die Runde, »dass es in Wilgersdorf ein Hotel gibt?«

»Lassen Sie sich überraschen«, erwiderte Büdenbender. »Für die morgige Verpflegung sorgen unsere heutigen Gastgeber. Sie bekommen für den Tag genügend Getränke und ein kleines Lunchpaket. Wenn Sie darüber hinaus etwas benötigen, kaufen Sie es sich unterwegs. Ich hoffe, Ihre Wanderschuhe sind eingelaufen. Sollten dennoch Blasen Ihre Füße quälen, wird Dr. Remané zur Stelle sein. Der Bürgermeister von Burbach wird uns an der Wasserscheide treffen.«

»Wird dann auch wieder die Presse anwesend sein?« fragte Uwe Nudel gar nicht begeistert.

»Ja, aber nur kurz«, antwortete Büdenbender. »Sonst noch Fragen?«

Es gab keine weiteren Fragen.

»Schön, dann lassen Sie uns abendessen«, rief der Staatsanwalt. »Ich habe einen tierischen Appetit. Ach ja, gehen Sie beizeiten ins Bett. Morgen wird es ein anstrengender Tag.«

»Ich frage mich, auf was er größeren Appetit hat«, flüsterte Waltraut an ihrem Tisch.

Nadine grinste, und auch Mike, der sich zusammen mit Uwe Nudel zu den Kommissarinnen gesetzt hatte, konnte sich ein leichtes Lächeln nicht verkneifen.

»Sie sind Polizeikommissarin?« fragte er Nadine.

»Ja, mit Waltraut Müller und Daniela Henze die Einzigen, Herr Müller-Ehrenfried«, antwortete Nadine.

»Nennen Sie mich Mike oder wenn Sie wollen, Ranger«, bot er freundlich an.

»Gerne«, sie reichte ihm die Hand, »Nadine.«

»Waltraut«, zog die Kommissarin nach.

»Ich bin der Uwe«, ergänzte der Polizeihauptmeister.

»Uwe, dann bist du rangniedriger als die beiden Mädels?« fragte Mike überrascht.

Uwe Nudel ging auf die vierzig zu und war damit deutlich der Älteste am Tisch.

»Ja«, nickte der Polizeihauptmeister, »durch die jüngste Verwaltungsreform haben sich einige interessante Konstellationen ergeben.«

»Das verstehe ich nicht«, sagte Mike.

»Er meint damit«, erklärte Waltraut abfällig, »dass das Absolvieren eines Studiums nicht unbedingt etwas mit Können zu tun hat.«

»Ranghöher, aber nicht unbedingt besser«, brummte Uwe etwas verstimmt.

»Nun ja«, nickte Mike, der dieses Thema nicht weiterverfolgen wollte, »dann lasst uns mal bestellen.«

Einen Tisch weiter saßen Pfeiffer, Holzbaum sowie Daniela Henze und Martin Mockenhaupt und warteten auf ihr bestelltes Abendessen.

»Eine mutige Kollegin haben Sie da«, sagte Pfeiffer und blickte zu Nadine.

»Oh, die ist immer so«, erwiderte Daniela uninteressiert, »sie nimmt nie ein Blatt vor den Mund.«

»Das wird ihr noch mal große Schwierigkeiten einbringen«, ergänzte Martin und gab seiner Freundin einen Kuss. »Meinst du doch auch?«

»Ja, Liebling«, hauchte sie.

»Na, Sie müssen aber noch frisch verliebt sein«, warf Holzbaum ein, »wenn Sie so ungeniert turteln können.«

»Von Beziehungen zwischen Kollegen halte ich ehrlich gesagt gar nichts«, kommentierte Pfeiffer.

»So?« staunte Martin. »Hatten Sie nicht mal was mit der Pressesprecherin der Stadt Siegen?«

»Das ist wohl kaum eine Kollegin. Und wieso sprechen Sie in der Vergangenheitsform?« antwortete Pfeiffer. »Wir sind noch zusammen, haben uns nur eine kleine Auszeit gegönnt.«

»Ach so«, nickte Martin, »eine moderne Beziehung.«

»Richtig!« bestätigte der Hauptkommissar.

Das Essen wurde serviert.

Mit Genuss wurden die Teller geleert. Danach stellte man die Tische zu einer großen Tafel zusammen und ging sozusagen zum gemütlichen Teil über. Staatsanwalt Büdenbender und Landrat Otto Otterbach lieferten sich einen ungewollten Wettbewerb, indem sie um die Aufmerksamkeit der anderen mit immer neuen Geschichten buhlten. Je nachdem, was Pfeiffer in dem ansteigenden Lärmpegel mitbekam, torpedierte er die ein oder andere Geschichte, die, wie konnte es in Polizeikreisen anders sein, sich um die Auflösung eines mysteriösen Falles drehten. Wenn der Punktestand nach dem Aufmerksamkeitsgrad der Tafelrunde gemessen worden wäre, dann läge Büdenbender dank seiner eloquenten Vortragsart vorne. Er beendete gerade eine seiner Lieblingsgeschichten, wie dank seiner Arbeit die schwedische Königin vor dem Gefängnis bewahrt wurde, in der er viel zu viel Adjektive verwendete, als Pfeiffers Finger zu jucken begannen.

Der Hauptkommissar hielt die Zeit für angebracht, ein vernichtendes Torpedo auf die Eitelkeitsfregatte des Staatsanwaltes loszuwerden. Wie ein U-Boot-Kommandant wartete er ganz gegen seine Art geduldig ab, bis der richtige Moment für den Abschuss gekommen war. Als die Kellnerin eine weitere Bestellung aufnahm und damit alle Gespräche für einen Augenblick unterbrochen wurden, nutzte Pfeiffer die Gelegenheit und ergriff laut das Wort: »Herr Büdenbender, ich wusste gar nicht, dass Sie so ausgezeichnet erzählen können.«

»Danke, Herr Pfeiffer«, grinste Büdenbender zufrieden.

»Haben Sie nicht schon darüber nachgedacht«, fuhr Pfeiffer viel zu freundlich fort, »Ihre Geschichten zu veröffentlichen? Bei Ihrem Talent, Fiktion und Realität zu vermengen, dürfte das ein großer Erfolg werden.«

Jetzt verging dem Staatsanwalt das Grinsen.

»Fiktion?« grunzte er.

»Nun, soweit mir in Erinnerung ist«, lächelte der Hauptkommissar, und dieses Lächeln gehörte zu jenen Gesichtsausdrücken, mit denen man in Hollywoodfilmen als Gangster sicherlich für einen Oskar nominiert würde, »haben Sie bei Ihren Erzählungen eine wichtige Kleinigkeit unterschlagen.«

»So! Habe ich das?« Büdenbender hatte überhaupt kein Talent, mit seinem Gesichtsausdruck den aufkommenden Groll zu kaschieren.

Es war bedrohlich still im Restaurant geworden.

»Ja, das haben Sie«, nickte Pfeiffer. »Sie hätten die Lorbeeren Tristan Irle verleihen sollen und nicht sich selbst.«

Die versammelte Gruppe hielt plötzlich den Atem an.

»Ach, das stört Sie an meinen Erzählungen«, antwortete Büdenbender spitz. »Ich dachte, Sie könnten Privatdetektive nicht leiden, weil sie unprofessionell arbeiten. Aber wenn Ihnen dieser Mann so wichtig ist«, er nahm ein Glas in die Hand, »dann lassen Sie uns auf den Mann trinken, der die Polizei im Allgemeinen und Sie, Herr Pfeiffer, im Besonderen wie Trottel aussehen lässt.«

»Sie wissen«, erwiderte Pfeiffer leise, »dass dies eine sehr vereinfachte Darstellung ist. Denn ohne unsere Hilfe, die Hilfe der Polizei, wäre auch so eine gewöhnungsbedürftige Person wie ein *Irle* nicht in der Lage, Mörder zu überführen. Deshalb kann ich, ohne mich beleidigt zu fühlen, auf diesen Mann trinken.« Der Hauptkommissar lächelte in die Runde und sagte mit erhobenem Glas: »Obwohl es mir lieb wäre, wenn das hier unter uns bleiben würde. Prost!«

Danach war die Stimmung irgendwie verdorben und die Runde löste sich auf.

6

In gut zwanzig Kilometern Luftlinie entfernt schenkte besagter Privatdetektiv seinem Freund Erich Roth gerade ein Glas Rotwein ein. Sie saßen in einem gemütlichen Wohnzimmer, das an ein viktorianisches Studierzimmer erinnerte. Auf dem Boden lagen Bücher und Zeitschriften verstreut herum, einige davon sehr nahe an einem Kamin, der mit einer gusseisernen Klappe verschlossen war. Links vom Kamin lehnte ein Stapel Feuerholz an der Wand, und rechts thronten auf einem filigran gearbeiteten Schachtisch alte chinesische Schachfiguren. In der Mitte des Raumes standen ein Sofa und zwei Lesesessel sowie ein zierlicher Couchtisch. Der Detektiv und der Diakon saßen etwas abseits am Esstisch, von wo aus sie in die Küche blicken konnten, in der ein Fernseher lief.

»Das ist eine großartige Idee«, sagte Erich und kommentierte damit einen Beitrag des lokalen Fernsehsenders, der gerade lief.

»Die laufen sich doch alle Blasen«, bemerkte Tristan. »Der Staatsanwalt wird doch nicht auf seine geliebten Slipper verzichten.«

»Jetzt sei doch nicht so gemein«, grinste Erich. »Dass die Polizei etwas für ihr Image unternimmt, ist doch positiv zu bewerten.«

»Die Polizei hat meiner Meinung nach«, Tristan nippte an seinem Glas, »ein ausgezeichnetes Image. Die müssen deshalb nicht durch die Wildnis laufen.«

Erich Roth, der in seiner Zeit als Missionar in Afrika mehr Kilometer zu Fuß gewandert als jemals mit dem Auto gefahren war, liebte die Natur und das besondere Körpergefühl, das sich beim Wandern einstellte.

»Wir sollten einmal zusammen dem Jakobsweg bis nach Santiago de Compostela folgen«, meinte der Diakon ernsthaft.

»Das ist ein katholischer Pilgerpfad«, erwiderte Tristan pikiert. »Ich bin überzeugter Protestant. Eure Heiligen würden mich wahrscheinlich mit Blasen bestrafen.«

»So ein Quatsch«, empörte sich Erich. »Du musst ja nicht den spirituellen Gedanken als Motivation einer solchen Wanderung ansehen. Der kommt von ganz alleine. Aber ich verspreche dir, dass du dabei einige Pfunde loswerden würdest.«

»Ich bin nicht zu dick«, stellte Tristan klar. »Helga hat sich noch nicht beschwert.«

»Die Betonung liegt auf *noch*«, grinste Erich, der zugegebenermaßen kein Gramm Fett zu viel an seinem Körper trug.

»Dass sich der Landrat aber an dieser Wanderung beteiligt«, lenkte Tristan ab, »das wundert mich schon.«

»Weshalb? Er kann bei seinem Schreibtischjob sicherlich Bewegung vertragen«, antwortete Erich.

»Hätte ich dem Mann nicht zugetraut«, meinte Tristan. »Mal sehen, wie weit er kommt.«

»Das sind doch nur 70 Kilometer in vier Tagen«, sagte Erich abfällig, »das schafft man doch leicht.«

»Ob die mit diesen Stöcken marschieren?«, grinste Tristan und ahmte die typische Bewegung nach. »Man stelle sich den Lärm vor, den die Horde verbreitet.«

»Haben sie nicht erwähnt«, antwortete Erich. »Viel von der Tierwelt werden sie dann wohl nicht sehen.«

»Möchtest du noch ein Glas?« fragte der Detektiv.

»Nein, danke. Ich muss jetzt los.« Erich erhob sich langsam. »Wann kommt Helga zurück?«

»Es ist Spätsommer und damit beste Wanderzeit«, antwortete Tristan. »Sie wird die nächsten Tage viel in ihrer Pension auf dem Giller zu tun haben.«

»Und du? Fährst du zu ihr rauf?«

»Mal sehen«, antwortete Tristan. »Marlowe mag es nicht, wenn so viele Fremde um ihn herum sind. Außerdem bin ich ihr dort oben meistens im Weg.«

»Ist das dein Ernst?« Erich grinste seinen Freund an. »Marlowe liebt es, bewundert zu werden und kann sich ganz gut wehren. Ich glaube eher, dass du keine Lust hast, den Gastgeber zu spielen.«

»Nun ja«, es war schwer, Erich etwas vorzumachen.

Marlowe, der auf seiner Kletterstange saß, die neben dem Esstisch stand, sträubte seinen Kamm, als er seinen Namen hörte und brabbelte: »Ferne Berge seh ich glühen! / Unruhvoller Wandersinn! / Morgen will ich weiterziehen, / Weiß der Teufel, wohin?«

7

Die Nacht brach schleichend an. Ihr erster Bote war die Venus, die leuchtend hell in der Dämmerung funkelte.

Pfeiffer und Holzbaum saßen alleine im Biergarten des Hotels und betrachteten das langsame Erwachen am Firmament. Je weiter die Sonne im Westen unterging, desto deutlicher begannen die Sterne zu leuchten. Die beiden Beamten genossen das leise Zirpen einer Heuschrecke, die sich in einem der liebevoll hergerichteten Beete verirrt hatte, und starrten hinauf zu den Sternen. Ab und zu fixierte der Hauptkommissar einen besonders hellen Stern und blies kleine, blaue Rauchkringel in seine Richtung.

»Das war nett von dir«, sagte Holzbaum und brach damit das wohltuende Schweigen. Der Kommissar füllte mit seinem Körpervolumen einen schmalen Gartenstuhl aus und hielt lässig ein Glas Rotwein vor seinem Bauch. »Irle hat es sicherlich im Ohr geklingelt.«

»Ich will hoffen«, antwortete Pfeiffer ernst, »dass er nie erfährt, wie ich ihn gelobt habe.«

»Die Chancen stehen schlecht«, meinte der Kommissar und schlürfte an seinem Glas. »Ausgezeichneter Wein.«

»Lass es dir schmecken«, grinste Pfeiffer, »es geht auf Kosten des Kreises.«

Aus dem Hotel waren plötzlich Geräusche zu hören. Das Zirpen verstummte und Pfeiffer blickte durch eine große Glasschiebetür ins Restaurant.

»Das hörte sich nicht gut an«, meinte er und stand auf.

Kurz darauf schrie jemand um Hilfe.

Pfeiffer rannte los, gefolgt von Holzbaum, der erst den Gartenstuhl loswerden musste. Sie durchquerten das Restaurant und eilten zur Rezeption. Neben der Rezeption führte eine schmale, steile Treppe zu den Zimmern hinauf. Am Fuß der Treppe lag Martin Mockenhaupt in einer sehr unnatürlichen Haltung. Neben Mockenhaupt beugte sich der Hotelbesitzer über ihn.

»Was ist geschehen?« fragte Pfeiffer aufgeregt.

»Er muss gefallen sein«, antwortete der Hotelbesitzer völlig außer sich.

In diesem Moment eilte Chantal bereits die Treppe hinunter und rief: »Lassen Sie ihn liegen. Ich komme!«

Vorsichtig untersuchte die Ärztin den Beamten, doch sie konnte nur noch seinen Tod feststellen.

»Eine Katastrophe«, schnaubte Otto Otterbach, der in einem karierten Pyjama im Restaurant stand.

»Eher ein Unfall«, meinte Staatsanwalt Büdenbender, der einen Bademantel trug, an dessen Enden zwei käsig weiße Waden herauslugten.

Die beiden Herren unterhielten sich etwas abseits der Gruppe, die sich um Daniela scharte und sie tröstete.

»Er hat eindeutig zu viel getrunken«, meinte Büdenbender, »sein T-Shirt war mit Weinflecken bekleckert. Zudem ist die Treppe steil und da ist er gefallen.«

»Aber Frau Henze schwört, dass er nichts getrunken hätte«, erwiderte Otterbach. »Das ist alles sehr merkwürdig.«

»Dann lassen wir eine Obduktion machen«, antwortete Büdenbender, »und bis wir die Ergebnisse haben, verhalten wir uns, als wäre nichts geschehen.«

»Sie sind aber einer«, brummte der Landrat. »Nichts geschehen?!«

»Überlegen Sie doch mal, was das für ein Fressen wird, wenn die Presse erfährt, dass ein betrunkener Polizist während eines Polizeiausflugs die Treppe hinunterfällt und sich dabei das Genick bricht.«

»Dennoch«, erwiderte der Landrat aufgebracht, »so sollte die Wanderung nicht beginnen.«

»Was sollen wir jetzt unternehmen?« fragte Büdenbender genervt. »Die Wanderung abblasen oder weitermachen? Das hätte ihm auch zu Hause zustoßen können.«

»Wir sollten das gemeinsam entscheiden«, schlug der Landrat vor.

»Meinetwegen«, zischte der Staatsanwalt.

Otto Otterbach rief alle zusammen und stellte die Wanderung zur Abstimmung.

Daniela meldete sich als Erste.

»Um es nochmals klar zu sagen, Martin war nicht betrunken«, ihre Stimme zitterte. Daniela ließ aber keinen Zweifel daran, dass sie es ernst meinte.

»Wie konnte er denn dann fallen?« warf Waltraut ein.

»Ich weiß es nicht«, entgegnete Daniela mit erhobenen Händen und fügte verzweifelt hinzu: »Er war wütend, als er das Zimmer verließ!«

»Ihr hattet einen Streit?« fragte Nadine überrascht.

»Ja, aber das war nichts Ernstes«, erklärte Daniela leise. Sie war mit der Situation sichtlich überfordert.

»Sehen Sie«, sagte Büdenbender triumphierend zu Otterbach, »das erklärt doch recht gut, wie es zu diesem Sturz kommen konnte. Zu viel

Alkohol und dann noch eine Portion Erregung, und schon können diese Stufen da draußen zu einer tödlichen Falle werden.«

»Wir sollten abstimmen, ob die Wanderung morgen beginnen soll«, beharrte der Landrat laut.

»Ich bin dafür, dass wir gehen«, rief Gerd, »so ein Unfall ist tragisch, aber er sollte unseren Plan nicht verhindern.«

»Dem stimme ich zu«, warf Nadine ein. »Nicht, dass wir nicht mitfühlend sind, aber ich glaube, Martin hätte ebenfalls gewollt, dass wir gehen.«

»Ja, das meine ich auch«, ergänzte Paul.

»Na schön«, gab sich der Landrat geschlagen, »wer ist also für die Wanderung?«

Bis auf Daniela, die sich enthielt, waren alle für den Wanderausflug.

»Was sagen wir der Presse?« fragte Hauptkommissar Pfeiffer. »Ich meine, die werden Fragen stellen.«

»Woher sollen die etwas erfahren«, warf Büdenbender ein, »wenn wir nichts sagen? Es ist ein bedauerlicher Unfall gewesen, den müssen wir nicht an die große Glocke hängen, oder?«

8

Das Telefon weckte Tristan Irle gegen Mitternacht. Müde kroch der Detektiv aus seinem Bett im ersten Stock und schlurfte eine steile Treppe hinunter in die Diele. Das Telefon stand im

Wohnzimmer, wo Marlowe mit lautem Krächzen das schrille Geräusch des Telefons verstärkte. Langsam nahm Tristan den Hörer ab.

»Irle«, sagte er und hoffte, dass nichts mit Helga passiert sei.

»Es hat einen Mord gegeben«, hörte er jemanden mit verstellter Stimme sagen.

»Wer spricht da?«

»Das tut nichts zur Sache«, erwiderte die Stimme. »Die Polizei vertuscht diesen Mord.«

»Wenn Sie nicht sagen wollen, wer Sie sind, dann lege ich auf«, schnaufte Tristan, der sich in seiner Nachtruhe gestört sah.

»Behalten Sie die Wandergruppe im Auge«, sagte die Stimme und beendete das Gespräch.

»So ein Schwachsinn«, brummte der Detektiv und ging zu Marlowe, dem er liebevoll die Brust kraulte. »So, jetzt wird geschlafen.«

Müde und wütend schlich er zurück ins Schlafzimmer. Doch im Bett angekommen wälzte er sich nachdenklich hin und her.

»Vielleicht«, murmelte er und klopfte sich auf seinen Bauch, »gehe ich morgen mal spazieren.«

2. Die Vögel zwitscherten …

Donnerstagmorgen,
Holzhausen – Wasserscheide

Die Vögel zwitscherten, als Pfeiffer das Fenster des Hotelzimmers öffnete. Ein strahlend blauer Himmel begrüßte den Hauptkommissar. Kein Verkehrslärm war zu hören, nur eine Turmglocke schallte durchs Tal und gab die Zeit an. Eine friedliche Idylle, wenn man den schwarzen Leichenwagen ignorierte, der gerade vor dem Hotel beladen wurde. Pfeiffers Gehirn wusste, wie es das Wohlbefinden seines Wirtes am ehesten steuern konnte, und so sah der Hauptkommissar großzügig über den kleinen, schwarzen Flecken im Paradies hinweg.

»Was für ein Tag«, strahlte er und wandte sich an seinen Zimmergenossen, »du wirst sehen, Holzbaum, wandern kann deinen Geist befreien.«

Holzbaum verzog sein Gesicht. »Mein Geist muss nicht befreit werden«, antwortete er seinem Chef. »Außerdem fällt es mir schwer, nach dem Unglück von gestern Abend gute Laune an den Tag zu legen.«

Pfeiffer hörte über die versteckte Verhaltenskritik hinweg und benahm sich weiter wie ein Schüler auf Klassenfahrt.

»Jetzt mach schon«, drängte er, »die anderen warten bestimmt.«

»Wie?« Holzbaum starrte seinen Chef erschreckt an. »Ich dachte, wir frühstücken noch gemeinsam!«

»Nein, das ist abgesagt worden«, antwortete Pfeiffer und kramte seine Sachen zusammen.

»Wann?« Holzbaums Gesichtsfarbe verriet Kreislaufstörungen. Aschfahl blickte der Kommissar zu Pfeiffer.

»Gestern nach dem Unfall«, erklärte Pfeiffer, »hat Büdenbender entschieden, gleich in der Früh loszumarschieren.«

»Aber das hätte man mir doch sagen müssen«, schnaufte Holzbaum, der gewöhnlich ohne ein kräftiges Frühstück das Haus nicht verließ.

»Nun, ich habe es dir doch gesagt«, erwiderte Pfeiffer und schien alle seine Sachen beisammen zu haben.

»Ja, aber viel zu spät!« maulte Holzbaum. »Ich muss was essen!«

»Nun, dann isst du eben etwas unterwegs«, meinte Pfeiffer, »es gibt ja ein Lunchpaket.«

»Das kann man doch nicht als Frühstück bezeichnen«, grunzte Holzbaum und sah dem quirligen Pfeiffer hinterher, wie der mit zwei Stöcken und Rucksack beladen das Zimmer verließ.

»Und außerdem, was esse ich dann zum zweiten Frühstück?« rief er ihm hinterher.

Pfeiffer hörte nicht auf ihn. Er war heiß darauf, endlich loszuwandern. Den wartenden Kollegen ging es ähnlich. Erstaunlicherweise schien keinem der plötzliche Tod ihres Kollegen sonderlich nah zu gehen. Mit Ausnahme von Daniela lachten und scherzten sie vor dem Eingang des Hotels.

»Wo bleibt denn Ihr Partner?« rief Nadine ungeduldig dem Hauptkommissar entgegen. »Wir wollen los!«

»Er kommt«, beschwichtigte Pfeiffer und warf sich den Rucksack über.

»Ist der immer so langsam«, hetzte Paul, »oder nur heute?«

»Er kommt ja gleich«, antwortete Pfeiffer gereizt und gesellte sich zu Büdenbender und Otterbach.

»Gut geschlafen?« fragte Otterbach.

»Ausgezeichnet«, lächelte Pfeiffer.

»Kein schlechtes Gewissen wegen des Unfalls?« hakte Otterbach nach.

»So etwas passiert«, erwiderte der Hauptkommissar und schlüpfte mit seinen Händen in die Schlaufen seiner Nordic-Walking-Stöcke.

»Sie sind aber ein ganz Abgebrühter, was?« Otterbach meinte dies nicht als Lob.

Pfeiffer, der momentan so empfindlich war wie ein Findling nach der Eiszeit, grinste den Landrat an und sagte: »Wir wollen wandern, oder?«

»Na endlich!« rief die Gruppe wie aus einem Munde, als Holzbaum in voller Wandermontur das Hotel verließ.

»Das wurde aber auch Zeit«, pflaumte ihn Büdenbender an.

»Wir werden schon nicht zu spät kommen«, meckerte Holzbaum und ein lautes Magenknurren drang aus seinem Bauch. »Ich habe noch nicht gefrühstückt.«

Holzbaum reihte sich als Letzter in die Gruppe ein, die nun über eine Dorfstraße hinauf zum Großen Stein marschierte.

Sie überquerten eine Eisenbahnstrecke und folgten Staatsanwalt Büdenbender, der eine Karte in der Hand hielt.

»Weiß er mit der Karte umzugehen?« fragte Waltraut spöttisch, als der Staatsanwalt an einer kleinen Weggabelung Halt machte.

»Ich denke schon«, sagte Mike, der für die Wanderung seine Rangerklamotten mit dem breitkrempligen Hut angezogen hatte. »Unterschätz den Friedrich nicht. Er hat schon Exkursionen in den Amazonas-Dschungel absolviert.«

Von hinten schnaufte Holzbaum: »Exkursionen, das ist Mehrzahl!«

»Ja, deklinieren kann ich noch«, erwiderte Mike schnippisch. »Soweit ich weiß, war er drei Mal in Brasilien und immer im Amazonas-Becken.«

»Hätte ich dem Kerl gar nicht zugetraut«, lobte Gerd Schlotter, »so dürr seine Beine gestern aus dem Bademantel schauten.«

»Oh ja«, grinste Nadine und schüttelte sich. Da sah Mike um Längen attraktiver aus, dachte sie.

Büdenbender schien den richtigen Weg gefunden zu haben und führte die Gruppe an einem Parkplatz vorbei in den Wald. Dort blieb er an einem markierten Baum stehen.

»Wir folgen jetzt der Ausschilderung A 3«, er deutete auf die Beschriftung des Baumes, »hinauf zum Großen Stein«.

»Sind alle Wegweiser so schlecht zu lesen?« fragte Holzbaum besorgt. »Ich habe keine Lust, mich zu verlaufen.«

»Die Markierungen sind hier unten noch gelb«, erklärte der Staatsanwalt, »wenn wir den Steig betreten, folgen wir der roten Markierung, die ein liegendes R symbolisiert. Sie müssen schon genau hinsehen, Herr Holzbaum.«

»Wir passen auf, dass Sie nicht verloren gehen«, sagte Paul sarkastisch.

»Gut, dann los«, rief der Staatsanwalt.

Erstaunlich ruhig verhielt sich der Landrat. Er ging die ganze Zeit nachdenklich neben Chantal und stellte immer mal wieder eine Frage. Sie drehten sich alle um den Unfall.

Schließlich wurde es Chantal zu viel.

»Herr Landrat«, sagte sie schroff, »wenn Sie meiner Diagnose nicht trauen, dann veranlassen Sie eine Obduktion. Sie werden dann feststellen, dass der Mann an einem Genickbruch gestorben ist.«

»Beruhigen Sie sich doch«, bat Otterbach, »ich glaube Ihnen ja.«

»Und weshalb genießen Sie dann nicht den schönen Wald hier?« Chantal sah ihn giftig an.

»Sie haben Recht«, nickte der Landrat. »Wir warten ab, was die Obduktion sagt.«

»Sie haben eine Obduktion beantragt?« fragte von hinten Waltraut.

»Ja«, nickte der Landrat, »man weiß ja nie.«

»Dann glauben Sie nicht so richtig an einen Unfall?« hakte Waltraut nach.

Der Landrat antwortete nicht.

»Weshalb glauben Sie nicht daran?« bohrte die Polizeikommissarin weiter.

»Es ist so ein Gefühl«, antwortete schließlich der Landrat.

»Ein Gefühl?« grinste Waltraut und versuchte wieder, ernst zu wirken. »Sie sind der Dienstherr, aber es wäre schön, wenn wir in Zukunft auch mal so nach unserem Gefühl Ressourcen, die Geld kosten, nutzen dürfen.«

Die Polizistin ließ sich zurückfallen und reihte sich schließlich in eine Gruppe um Mike ein.

Der Landrat, Chantal und Büdenbender gingen allein vorne weg.

»Die sind ganz schön anstrengend«, schnaufte Chantal und bat, einen Schritt langsamer zu gehen.

»Das haben wir so gewollt«, antwortete Otterbach.

»Sie werden noch einiges zu hören bekommen«, warnte die Ärztin. »Die Mädels und Jungs haben ein ausgeprägtes Selbstbewusstsein.«

»Meins ist auch nicht gerade zerbrechlich«, grinste der Landrat.

2

In der Rubensstadt wälzte sich Tristan Irle aus seinem Bett. Langsam zog er sich an und schritt anschließend aus seinem Schlafzimmer die steile Treppe hinunter ins Badezimmer. Nachdenklich begann er sich zu rasieren, als jemand an seine Haustür klopfte. Das Badezimmer besaß ein Fenster zum Hof hin und so öffnete er es und rief: »Die Tür ist offen!«

Der Detektiv hatte eine alte Angewohnheit, sein Haus nicht abzuschließen. Er fand, dass er nicht genügend Wertvolles besaß, dass es einen Dieb interessieren könnte. Erst als er in seinem Haus überfallen wurde, bestand seine Freundin darauf, die alte Eichenhaustür zu verriegeln. Wenn Helga, seine Freundin, bei ihm wohnte, achtete er darauf und schloss die Haustür ab. Leider fiel der Detektiv in seine alte Angewohnheit zurück, wenn seine Freundin nicht im Haus verweilte.

»Ich bin's«, rief Erich in der Diele. »Hab frische Brötchen mitgebracht.«

»Prima«, antwortete Tristan aus dem Badezimmer mit eingeschäumtem Gesicht, »komme gleich.«

Erich durchschritt die Diele und achtete darauf, nicht gegen die freigestellten Deckenbalken zu stoßen, die in dem renovierten Fachwerkhaus nicht sehr hoch waren. Er betrat das Wohnzimmer, und dort begrüßte ihn Marlowe mit einem wilden Flügelschlag.

»Morgen, Marlowe«, sagte Erich, »hab Frühstück mitgebracht.«

Vom Wohnzimmer aus gelangte er in die Küche. Der Diakon kannte sich in Tristans Küche genauso gut aus wie in seiner eigenen. So begann er die Kaffeemaschine zu füllen und den Tisch zu decken.

Kurze Zeit später betrat der Hausherr die Küche und staunte.

»Du bist ja schneller als Helga«, freute er sich.

»Und du hast die Haustür wieder nicht abgeschlossen«, mahnte der Diakon.

»Hab es vergessen«, entschuldigte sich der Detektiv, »sag es nicht weiter.«

Erich nahm Platz auf einer gemütlichen Eckbank, während Tristan den durchgelaufenen Kaffee in eine Kanne umfüllte.

Marlowe beobachtete das Treiben von seiner Kletterstange aus, bis Tristan die Kaffeekanne auf den gedeckten Tisch stellte. Jetzt hielt es den Kakadu nicht mehr auf seinem Platz. Mit wenigen Flügelschlägen flatterte er in die Küche und landete auf einer Stuhllehne. Er sträubte seinen Kamm und krächzte:

»Wärst du vielleicht auch, sozusagen / Erhaben über gut und schlecht, / Trotzdem behandelt dich dein Magen / Als ganz gemeinen Futterknecht.«

»Er hat Hunger«, kommentierte Erich das Gebrabbel.

»Gib ihm ein Brötchen«, meinte der Detektiv und schenkte Erich Kaffee aus.

Der Diakon teilte ein Brötchen und beschmierte eine Hälfte mit Marmelade. Dann reichte er es Marlowe, der es in seinen Schnabel nahm. Mit viel Geschick griff er mit seiner linken Kralle die Brötchenhälfte und begann das Brötchen zu fressen.

Unterdessen begannen auch die Freunde mit dem Frühstück.

»Mir ist gestern Nacht etwas Merkwürdiges passiert«, sagte Tristan schließlich und weckte Erichs Neugier.

»Nun, das passiert dir öfters«, antwortete der Diakon.

Tristan verstand die Anspielung nicht.

»Na«, stöhnte Erich, »deine Fälle und das Drumherum.«

»Das ist aber in den seltensten Fällen merkwürdig«, antwortete Tristan und sah seinen Freund verständnislos an.

Erich erwiderte den Blick mit großen Augen.

»Vielleicht ein wenig irritierend, aber bis jetzt war noch keine Situation merkwürdig«, erklärte der Detektiv.

»Was ist denn passiert?« fragte Erich, der nun genau wissen wollte, was seinen Freund bewegte.

»Mich hat jemand um Mitternacht angerufen«, antwortete Tristan ernst.

»So?« grinste Erich. »Es gibt Menschen, die telefonieren auch um Mitternacht.«

»Vielleicht, aber dann sagen sie wahrscheinlich nicht, dass es einen Mord gegeben hat.«

Erich legte das Messer beiseite.

»Du willst mich auf den Arm nehmen.« Er wedelte mit dem rechten Zeigefinger. »Ich verstehe. Jetzt, da du Strohwitwer bist, brauchst du jemanden, den du …«

»Erich«, unterbrach Tristan seinen Freund, »ich meine es ernst. Ich habe einen anonymen Anruf bekommen mit einer verstellten Stimme, die von einem Mord sprach.«

»Das ist in der Tat merkwürdig«, brummte der Diakon.

»Es kommt noch besser«, meinte der Detektiv. »Dieser Mord soll während des Polizeiausflugs geschehen sein.«

»So?« grübelte Erich. »Das lässt sich doch herausfinden.«

»Du meinst, ich soll da mal nachfragen?« antwortete Tristan ungläubig. »Die werden mir doch keine Auskunft geben.«

»Versuchen kannst du es doch immerhin«, meinte sein Freund ernst.

Tristan ließ sich die Worte durch den Kopf gehen.

»Gut«, er stand auf und ging ins Wohnzimmer zum Telefon. »Das wird dem Polizeidirektor Flender nicht gefallen.«

»Er wird es überleben«, antwortete Erich aus der Küche.

Marlowe hatte die Hälfte verspeist und forderte mehr.

Tristan wählte die Nummer der Polizeikreisbehörde und ließ sich mit Flenders Sekretärin Frau Schleicher verbinden.

»Guten Morgen, Frau Schleicher«, sprach er freundlich in den Hörer, dann hörte Erich nur ›ja‹, ›ja‹ und ›nein wirklich‹.

Schließlich verabschiedete er sich und legte auf.

»Und?« rief Erich, »was hat sie gesagt.«

»Du wirst es nicht glauben«, sagte Tristan und setzte sich, »es hat tatsächlich einen Unfall gegeben.«

»Jetzt glaube ich dir«, stieß Erich aus. »Das hier ist wirklich mehr als merkwürdig. Was willst du jetzt unternehmen?«

»Die Frage lautet eher, was kann ich unternehmen«, antwortete Tristan. »Es ist ja offiziell nichts passiert. Die Polizei geht von einem Unfall aus.«

»Was hat Frau Schleicher gesagt?«

»Sie lassen das Opfer gerade obduzieren«, antwortete Tristan. »Es ist eine Treppe hinuntergefallen. Angeblich zu viel getrunken.«

»Das war ganz klar ein Mord«, rief Erich theatralisch. »Der älteste Trick der Welt. Er hat einen Schubs bekommen und dann sagt man, er habe zu viel getrunken.«

»Das sind Polizisten, Erich«, erinnerte Tristan. »Die sind nicht blöd! Selbst wenn es so war, dann wird der Mörder sich wohl kaum freiwillig stellen. Es hat keine Zeugen des Sturzes gegeben.«

»Das heißt, es gibt keine Beweise«, sagte Erich.

»Ganz richtig«, nickte der Detektiv.

»Nun, dann ist die Sache doch sonnenklar.« Erich begann, sich ein zweites Brötchen zu schmieren.

»So?« staunte Tristan.

»Na! Der Anruf gestern Abend«, erklärte der Diakon. »Irgendjemand aus der Gruppe glaubt auch *nicht* an einen Unfall, kann aber anscheinend nicht viel unternehmen. Deshalb hat er *dich* angerufen, damit *du* dich da einmischst.«

»Was?« Tristan nippte an seiner Kaffeetasse, und einige seiner grauen Gehirnzellen entwickelten einen Gedanken. »Du könntest Recht haben.«

»Glaub mir«, nickte Erich, »das habe ich ganz sicher.«

»Das würde bedeuten ...«, begann Tristan, doch Erich beendete den Satz.

»... du musst wandern und verlierst endlich ein paar Pfunde.«

3

Die Ausflugsgruppe erreichte die Naturwaldzelle Großer Stein. Zu erkennen war diese Waldzelle für die Beamten allerdings nicht. Sie sahen Bäume, große, kleine und abgebrochene, viele Sträucher sowie eine Menge Unterholz. Irgendwie sah der Wald in dieser Waldzelle sehr unaufgeräumt aus.

Paul fiel dies als Erstem auf. »Wenn wir hier drin mal jemanden suchen müssen, dann gute Nacht.«

»Ja, hier könnten die mal aufräumen«, stimmte Gerd seinem Kollegen zu.

Mike grinste und rief alle zusammen.

»Was gibt es denn hier zu sehen?« fragte Nadine herausfordernd.

»Warte es ab«, antwortete Mike und zwinkerte ihr zu.

Daraufhin legte sie ihren Rucksack ab und zog sich betont langsam einen Fleecepulli aus. Darunter trug sie ein extra enges T-Shirt, das ihren Oberkörper besonders betonte.

»Du kleine Schlampe«, flüsterte Waltraut anerkennend. Wenn sie im Rennen um Mikes heißen Po bleiben wollte, musste sie ebenfalls zulegen.

Nadine lächelte ihr kurz zu und sah dann zu Mike hinüber.

»Wie Polizeihauptmeister Pommert richtig feststellte, sehen Sie hier einen Wald, der nicht mehr bewirtschaftet wird«, erklärte Mike. »In dieser Naturwaldzelle wurde jegliche forstwirtschaftliche Nutzung aufgegeben.«

»Weshalb?« rief Uwe Nudel.

»Diese Zelle stellt ein Forschungsgebiet dar, in dem sich über viele Jahrzehnte hinweg der Wald ohne menschliches Zutun selbst entwickeln soll.«

»Soll er zu einem Urwald gedeihen?« fragte Büdenbender neugierig.

»Er wird sich nicht mehr in seinen Ursprung zurückverwandeln«, antwortete Mike, »aber die Forscher möchten Erkenntnisse gewinnen, die ihnen helfen sollen, Konzepte für eine naturnahe Waldbewirtschaftung zu finden.«

»Das ist ja alles sehr spannend«, murrte Daniela sarkastisch.

»Wenn man ein Baum ist«, antwortete Waltraut grinsend. »Spürst du nicht die besondere animalische Energie, die hier herrscht?«

»Pflanzen versprühen wohl kaum animalische Energie, Waltraut«, erwiderte Daniela besserwisserisch.

»Sei nicht so griesgrämig«, sagte Waltraut besänftigend. »Mir brauchst du nichts vorzumachen. Sei froh, dass du den Kerl los bist. So oft, wie ihr euch in den Haaren lagt.«

»Das hast du gemerkt?« staunte Daniela.

»Ja«, nickte Waltraut.

»Er hätte ja nicht gerade krepieren müssen«, antwortete sie leise. »Jetzt muss ich mich auch noch nach seinem Tod nach ihm richten.«

»Verstehe! Spiel noch ein wenig die Zerknirschte«, meinte Waltraut, »dann kannst du wieder aufdrehen.«

Sie wandten sich Mike zu, der noch ein paar Fragen beantwortete.

»Wir gehen weiter«, rief er schließlich. »Aber bleiben Sie zusammen, gleich da vorne hinter der Kurve gibt es eine Besonderheit.«

Die Gruppe setzte sich in Bewegung.

»Hoffentlich müssen wir am Ende nicht noch einen Aufsatz schreiben«, sagte Gerd, »vielleicht sollten wir uns Notizen machen.«

Die anderen schüttelten den Kopf und folgten Mike, der jetzt die Gruppe anführte.

Sie gingen einige hundert Meter den Berg hinauf, bis sie an einer Art Lichtung ankamen.

»Was ist denn hier passiert?« rief der Landrat und starrte, wie seine Begleiter, auf eine riesige Felskuppe, die ausschließlich aus großen Basaltbrocken zu bestehen schien.

»Hier stand im Krieg bestimmt eine Flak«, meinte Büdenbender laut. »Die großen Steine sind wohl die Reste eines Bunkers, was?«

»Äh, Friedrich, nicht ganz«, korrigierte Mike seinen Bekannten. »Das, was Sie hier sehen, ist natürlichen Ursprungs.«

Vor ihnen lag die Basaltfelskuppe des Großen Steins. Felsblöcke unterschiedlicher Größe lagen offen an der Oberfläche und wurden von unterschiedlichen Moosen und Flechten besiedelt. Das Ganze erinnerte an einen Spielplatz von Trollen. Am Rande, dort, wo es weniger Geröll gab, wuchsen Ulmen und Buchen.

»Wann machen wir Pause?« rief Holzbaum, dessen Magen von so viel Natur angeregt wurde.

»Noch nicht«, antwortete Mike, »das hier sollten Sie sich noch ansehen.«

»Das sind Steine«, erwiderte Holzbaum, »auf unserem Bauernhof pflegen wir solche Brocken zu entsorgen.«

»Sie haben einen Bauernhof?« rief der Landrat interessiert.

»Seine Eltern«, erklärte Pfeiffer, »die haben einen Bauernhof.«

»Wenn Sie nochmals zuhören könnten«, mahnte der Ranger, »die Bäume, die wir am Rand des Hanges gesehen haben, das sind Ahorn und Eberesche.«

Ein kollektives Nicken erfasste die Gruppe.

»Diese Baumarten wachsen sehr selten im Rothaargebirge.« Mike betonte diesen Satz, doch die Gruppe schien dieses Wissen nicht weiter zu schätzen.

»Wer zuerst am Gipfel ist«, rief plötzlich Nadine, »bekommt von den anderen seinen Rucksack getragen.«

»Okay«, riefen die anderen.

»Wer gibt das Startzeichen?« fragte Pfeiffer ernsthaft.

»Was für ein Zeichen?« grinste Waltraut.

Und ehe der Hauptkommissar sich's versah, lagen die Rucksäcke auf dem Boden, und die Kollegen stürmten die Felsenkuppe hinauf. Instinktiv ließ Pfeiffer seine Stöcke fallen und entledigte sich ebenfalls seines Rucksackes. Mit flinken Schritten eilte er den anderen hinterher.

»Das tut den Moosen und Flechten bestimmt nicht gut«, schnaufte Holzbaum, der sich demonstrativ nicht an dem Rennen beteiligt hatte.

Büdenbender, der Landrat und die Ärztin Chantal sahen Mike strafend an.

»Was ist?« rief der.

»Du hättest das verhindern sollen«, zischte Büdenbender.

Mike wandte sich Hilfe suchend an Holzbaum.

»Sie kennen ihn doch«, sagte der Kommissar freundlich, »er versteht einfach keinen Spaß.«

Derweil übernahm die ruhige Daniela die Führung. Sie kletterte äußerst geschickt über die glitschigen Brocken und vergrößerte ihren Vorsprung. Ihr folgte Uwe, der gleichauf mit Waltraut lag. Pfeiffer merkte sehr schnell, dass Kraft nicht der Schlüssel zum Sieg war. Bereits zum zweiten Mal rutschte er auf einem Basaltbrocken aus und verletzte sich das rechte Schienbein. Unterdessen schien Daniela in Schwierigkeiten zu stecken. Sie war in eine Sackgasse geraten und musste jetzt seitlich ausweichen. Plötzlich bekamen Uwe und Waltraut die Chance, an ihr vorbeizuziehen. Nadine, Paul und Gerd holten ebenfalls auf. Doch dann fand Daniela einen Weg, und sie erreichte als Erste die Kuppe.

»Gewonnen!« rief sie triumphierend und riss die Arme nach oben.

4

Tristan suchte in diesem Augenblick seinen Rucksack. Der Detektiv war sicher, dass er sich auf dem Dachboden befand. Also klappte er die Deckenleiter im ersten Stock herunter und kletterte auf den Dachboden. Die Bodendielen knarrten, als er sich in gebückter Haltung auf die Suche machte. Überall standen Bücherkisten und ausrangierte Gegenstände herum, doch das alte Stück aus Büffelleder tauchte zwischen den abgestellten Sachen nicht auf. Grübelnd lehnte er sich gegen eine Bücherkiste, blickte neugierig hinein und fischte ein altes Buch über die Handwerkskunst heraus. Er erinnerte sich, wie er das Buch vor mehr als dreißig Jahren auf einem Flohmarkt gekauft hatte und legte es zurück.

»Wo versteckst du dich?« flüsterte er und begann die Suche von neuem, dieses Mal schaute er auch in den Kisten nach, die überall herumstanden.

Nach einer halben Stunde stieß er auf eine Kiste, die mit Staub völlig bedeckt war. Vorsichtig öffnete er sie. Er hielt den Atem an, als die Augen seiner verstorbenen Mutter ihn ansahen. Liebevoll nahm er die gerahmte Fotografie heraus und betrachtete das Bild. Seine Mutter war dort auf einem Feld abgelichtet, wie sie Kartoffeln erntete. Sie war noch sehr jung und Tristan musste schlucken, als ihn eine Gefühlswelle überschwemmte. Behutsam stellte er das Bild gegen die Kiste und fand weitere Bilder, die er nach und nach herausnahm. Für den Moment versank er in Nostalgie. Erinnerungen an längst vergangene Tage erwachten, und ihm wurde bewusst, wie vergänglich alles war.

Mit einem lauten Seufzer betrat er die Gegenwart und griff erneut in die Kiste, wo er einen alten Jutebeutel herausnahm.

»Da bist du ja«, sagte er zufrieden und zog den alten Rucksack aus dem Jutebeutel.

Die gerahmten Fotografien legte er vorsichtig in den Rucksack, schloss die Kiste und verließ den Dachboden.

Im Wohnzimmer begrüßte ihn Marlowe, der neugierig den Rucksack musterte.

»Das ist nichts für dich«, warnte Tristan ihn.

Er stellte die alten Bilder auf den Esstisch und überlegte, wo sie ihren endgültigen Platz finden könnten. Da ihm kein würdiger Platz auf Anhieb einfiel, ließ er sie erst einmal auf dem Tisch stehen. Dann nahm er ein paar herausgelegte Kleidungsstücke, einen Toilettenbeutel sowie eine Pfeifentasche und steckte sie in den Rucksack.

»So, fertig!« rief er und schritt in die Diele, wo er sich vor dem großen Spiegel betrachtete.

Der Detektiv trug ein paar knöchelhohe Wanderschuhe, aus denen dunkelgrüne Socken wuchsen, eine lederne Kniebundhose, ein kariertes Baumwollhemd und darüber eine grüne Strickjacke, die irgendwie zu den Socken passte. Sein lichter werdendes Haar bedeckte eine rote Baskenmütze. Nach einer abenteuerlichen Treibjagd wusste der Detektiv Signalfarben im Wald zu schätzen. Zudem verlieh ihm diese Baskenmütze etwas Rebellisches wie seinerzeit Che Guevara, bloß dass er nicht im bolivianischen Dschungel operierte, sondern auf ausgeschilderten Wegen. Allerdings verzichtete er auf Regenkleidung, da der Wetterbericht für die nächsten Tage keinen

Regen vorhergesagt hatte. Ein sehr mutiger Schritt in einem Land, das bei Naturvölkern, würden sie denn in den Tälern hausen, sicherlich als Heimat des Regengottes gepriesen würde.

Tristan fand, dass er gut aussah und zog die Strickjacke etwas tiefer, damit man den offenen Hosenbund nicht sehen konnte. Er war sich sicher, dass er den Knopf bald zubekommen würde.

Er ging zurück ins Wohnzimmer und nahm Marlowe auf die Schulter.

Zusammen verließen sie das Haus.

Draußen wartete Erich bereits auf seinen Freund.

»Die Wanderkluft steht dir gut«, lobte der Diakon, »dass die alte Hose noch passt, ist sicherlich ein Wunder.«

»Hab ich dir ja gesagt«, brummte der Detektiv.

»Hier, diesen Wanderstab möchte ich dir schenken«, Erich reichte ihm einen mannshohen Eibenstab.

»Danke, Erich«, antwortete Tristan ganz verlegen.

»Damit kannst du wilde Tiere abschrecken«, grinste sein Freund.

»Warst du mit ihm in Afrika?« fragte Tristan und betrachtete die feinen Verzierungen am Kopfende.

»Nicht direkt«, sagte Erich. »Ich hab ihn aus meiner Sammlung ausgewählt.«

»Dann ist es also seine erste Wanderschaft?«

»Sozusagen«, nickte der Diakon.

»Ich werde auf ihn aufpassen«, lobte Tristan.

Vor dem Haus stand Tristans alter Borgward. Erich hatte bereits das Verdeck des Cabriolets umgeklappt.

»Du behandelst den Oldtimer pfleglich«, mahnte Tristan.

»Selbstverständlich, wenn du jetzt bitte einsteigen würdest.« Erich sah auf die Uhr, »wenn deine Informationen richtig sind, dann sollten wir uns beeilen, damit du die Gruppe an der Wasserscheide abfangen kannst.«

»Dann lass uns mal aufbrechen«, grinste der Detektiv und ließ sich ausnahmsweise auf dem Beifahrersitz nieder.

5

Daniela strahlte glücklich, als die anderen nach und nach die Kuppe erreichten.

»Es ist mir eine Freude«, sagte sie höhnisch, »meinen Rucksack in eure Obhut zu geben.«

»Jetzt gib nicht so an«, schnaufte Uwe zerknirscht, »fast hätten wir dich eingeholt.«

»Aber nur fast«, grinste Daniela.

Pfeiffer erreichte die Kuppe als Letzter. Ein dunkler Fleck an seinem Hosenbein weckte Danielas Aufmerksamkeit.

»Oh, Herr Pfeiffer, Sie haben sich verletzt!«

»Nicht der Rede wert«, japste der Hauptkommissar, als er sich nach Atem ringend auf einen Basaltblock niederließ.

Am Wegrand wippten Landrat und Staatsanwalt im Takt ungeduldig mit ihren Füßen.

»Wollen Sie da oben ein Picknick machen?« rief Büdenbender missgelaunt zu den Beamten.

»Wir kommen«, erwiderte Paul und begann als Erster den Anstieg.

Die Basaltbrocken bildeten den Lebensraum vieler unterschiedlicher Moose. Darauf hatte bereits der Ranger hingewiesen. Was Mike bei seinem kleinen Vortrag zu erwähnen vergessen hatte, war die Tatsache, dass diese Moose Feuchtigkeit benötigten und hielten. Als die Polizisten den Berg hinaufgestürmt waren, war nur Pfeiffer auf dem schmierigen Grün ausgerutscht. Jetzt ging es bergab, und die gut besohlten Wanderschuhe traten auf glitschigen Untergrund. Höchste Vorsicht war geboten, doch keiner der Männer und Frauen achtete so richtig auf den Untergrund, bis plötzlich Daniela noch ganz in Siegerstimmung mit dem rechten Fuß ausrutschte und gegen Gerd stieß, der daraufhin sein Gleichgewicht verlor.

»Aufpassen!« schrie Nadine und übertönte Gerds Aufschrei.

Es war Pauls intuitiver Reaktion und dem guten körperlichen Fitnessprogramm der Polizei zu verdanken, dass der Polizeihauptmeister seinen herabfallenden Kollegen auffing, ohne mit ihm in die Tiefe gerissen zu werden.

»Danke, Mann«, stöhnte Gerd erleichtert, als er wieder festen Grund unter den Füßen hatte.

»Keine Ursache«, antwortete Paul und atmete einmal tief durch.

»Passt auf«, warnte Pfeiffer viel zu spät, »die Steine sind glitschig.«

Von Gerds Missgeschick gewarnt setzte die Gruppe den Abstieg fort, als gingen sie auf rohen Eiern.

»Das hätte bös ins Auge gehen können«, maulte der Landrat, als endlich alle auf dem Wanderweg eingetroffen waren.

»Es ging ans Schienbein«, meinte Pfeiffer lakonisch und setzte sich auf einen abgebrochenen Felsstamm. Langsam zog er sein rechtes Hosenbein nach oben. Er hatte sich eine blutige Schürfwunde zugezogen. »Frau Doktor, hätten Sie ein Pflaster?«

»Die anderen sind gut zehn Jahre jünger«, bemerkte Holzbaum und ließ sich neben seinem Partner nieder. »Das sollte dir eine Lehre sein.«

»Pah«, schüttelte Pfeiffer den Kopf, »wenn die nicht geschummelt hätten, dann …«

»… dann wärst du immer noch eingeholt worden, Chef.« Ein dumpfes Knurren klang aus Holzbaums Magen. »Ich muss jetzt langsam etwas essen!«

Unterdessen baute sich Büdenbender vor der Gruppe auf und bellte: »Durch diesen kleinen Ausbruch an Übermut sind wir aus unserem Zeitplan gefallen. Ich schlage vor, sobald Herr Pfeiffer verarztet wurde, unseren ersten Rastplatz einen Schritt schneller anzusteuern.«

Chantal reinigte Pfeiffers Wunde und klebte ein Pflaster darüber.

»Fast wie neu«, lächelte sie und zog Pfeiffers Hosenbein herunter.

»Dann los!« rief Büdenbender und marschierte vorne weg.

Nadine übernahm Danielas Rucksack als Erste und verfluchte ihre Dummheit, dieses Wettrennen ausgerufen zu haben.

»Wird dir das nicht zu schwer?« fragte Mike besorgt, als er die zierliche Polizeikommissarin mit zwei Rucksäcken beladen sah.

»Es geht«, schnaufte Nadine, »ist ja nur bis zum Rastplatz. Der ist doch nicht mehr weit, oder?«

»Ein paar Meter sind es schon noch«, antwortete Mike.

»Oh«, stieß Nadine aus, »aber dann habe ich meinen Teil für heute erfüllt.«

»Ihr hattet Glück da oben«, sagte Mike jetzt ernst und sprach die ganze Gruppe an.

»Paul hat klasse reagiert«, meinte Waltraut anerkennend. »Hätte ich gar nicht von dir gedacht.«

»Danke«, nickte der Polizeihauptmeister, »aber Gerd fiel mir ja praktisch in die Arme.«

Gerd klopfte seinem Kollegen dankbar auf die Schulter. »Das hätte leicht für mich das Ende bedeuten können.«

»Es reicht, einen durch einen Sturz verloren zu haben«, sagte Waltraut. »Wir hätten ein ziemlich mieses Bild abgegeben, wenn du dich ernsthaft verletzt hättest.«

»Vielleicht hätte ich euch warnen sollen«, überlegte Mike nachdenklich. »Ihr kennt die Sage, die diesen Ort umgibt?«

»Was denn für eine Sage?« fragte Pfeiffer und schob sich näher an Mike heran.

»Vor sehr langer Zeit«, begann Mike zu erzählen, »als die Berge des Hickengrundes noch mit dichten Urwäldern bedeckt waren, da hauste auf der Höhe da oben«, er deutete zurück auf die Kuppe, »der mächtige Riese Wackebold. Er erschlug Menschen mit Steinen und ausgerissenen Bäumen. Die Menschen am Fuße des Berges verließen aus Angst um ihre Hütten das Dorf. Doch eines Tages kam Hans Hick mit seinen sieben Söhnen in diese Gegend. Kaum hatte Wackebold sie erspäht, warf er einen Stein nach dem jüngsten Sohn und traf ihn tödlich. Die Brüder begruben ihn und der Vater schwor bittere Rache.

In rabenschwarzer Nacht schlich der Vater mit seinen verbleibenden sechs Söhnen die Kuppe hinauf. Zitternd vor Angst, aber fest entschlossen näherten sie sich dem Riesen, der schnarchend auf der Kuppe lag und schlief. Hans Hick kletterte auf die Stirn des Riesen und warf ihm einen Basaltknorren in den weit aufgesperrten Rachen, an dem der Riese jämmerlich erstickte.

Die Männer schleppten die vom Riesen ausgerissenen Bäume in das Tal und bauten daraus hölzerne Häuser. So entstand das Dorf Holzhausen, und das Tal wurde zu Ehren Hans Hicks fortan „Hickengrund“ genannt.«

»Das hätten wir wirklich früher wissen sollen«, grinste Daniela, »jetzt haben wir auch noch Grabschändung begangen.«

Die anderen lachten, und Paul klopfte Mike für seine Geschichte anerkennend auf die Schulter.

6

Der Diakon lenkte den Oldtimer aus der Stadt Siegen heraus und folgte der B 54 in Richtung Wilnsdorf. Das Wetter zeigte sich Ende September von seiner besten Seite. Ein stabiles Altweibersommerhoch lag über Deutschland und sollte für die nächsten Tage gutes Wetter garantieren. Es herrschten optimale Temperaturen, um mit einem Cabriolet zu fahren. Tristan genoß es, mal nicht am Steuer zu sitzen, und ließ sich den Fahrtwind durch die Haare wehen.

Marlowe mochte den Fahrtwind weniger, und so kauerte er zwischen den beiden Vordersitzen auf einer extra für ihn angebrachten Stange und zog im wahrsten Sinne des Wortes den Kopf ein.

Die Fahrt führte sie durch Wilnsdorf die Kalteiche hinauf. Zum ersten Mal musste der alte Motor richtig arbeiten, und man hörte sein tiefes Brummen im Fahrerraum.

»Zieht noch gut den Berg hinauf«, rief Erich, um die Fahrtwind- und Motorengeräusche zu übertönen.

»Ich weiß«, antwortete Tristan laut. »Das macht die gute Pflege.«

Erich nickte und konzentrierte sich wieder auf die Straße.

Tristan betrachtete den umliegenden Wald. Mischwald und Monokulturen wechselten sich ab. Diesen Wald würde er im Laufe des Vormittags durchqueren, und wenn sich die Vermutungen bestätigen, dann mit einem Mörder an der Seite. Ein unangenehmes Gefühl breitete sich in seiner Magengegend aus.

Der Borgward nahm mit einem angestrengten Brummen die letzte kleine Steigung der Kalteiche. Dann ließ der Motorlärm hörbar nach, und der Oldtimer rollte leichtgängig die B 54 hinunter in Richtung des Dörfchens Kalteiche, wo Erich nach links abbog und dem Verlauf der B 54 folgte, bis er nach knapp einem Kilometer wieder nach rechts abbog in Richtung Wasserscheide. Dort wollte Tristan auf die Polizeigruppe stoßen.

Die Wasserscheide war ein kleines Dorf an der Landstraße 531. Es besaß ein kleines Theater, einen kleinen Bahnhof und in der Mitte des Dorfes auch ein kleines, einladendes Hotel. Tristan hatte von der Sekretärin des Polizeidirektors erfahren, dass die Gruppe dort mit dem Bürgermeister der Gemeinde Burbach zusammentreffen wollte.

Ein willkommener Umstand, der es den Verantwortlichen schwerer machen würde, ihn von der Gruppe auszuschließen. Tristan war klar, dass es ihm einiges an Standfestigkeit abverlangte, bis die Gruppe ihn als Teilnehmer akzeptieren würde. Aber das war die Sache wert.

»Da vorne ist es«, sagte Erich und deutete auf ein großes Fachwerkhaus.

»Na, dann wollen wir mal«, lächelte Tristan und sah nach Marlowe, der mit langsamer werdender Fahrt wieder zu seiner vollen Größe wuchs.

Erich suchte sich einen Parkplatz und ließ Tristan aussteigen.

»Hast du dein Handy dabei?« fragte der Diakon ernst.

Tristan sah in seinem Rucksack nach und wurde nervös, als er es nicht gleich fand. Schließlich tauchte es zwischen zwei Hemden auf.

»Hab es«, nickte er.

»Sind die Akkus geladen?« hakte Erich nach, der Tristans Schusseligkeit gegenüber technischen Geräten kannte.

Tristan schaltete das Handy ein und überprüfte den Akku.

»Wenn die Batterieanzeige grün leuchtet«, fragte er, »ist der Akku dann voll oder leer?«

»Voll, Tristan, er ist voll«, antwortete Erich und schüttelte den Kopf. »Ich weiß nicht, wie du bei deiner technischen Ignoranz so erfolgreich sein kannst.«

»Nun«, antwortete der Detektiv und schulterte den Rucksack, »solange Verbrechen von Menschen begangen werden und nicht von einem Computer, so lange werde ich mich mehr mit den Menschen beschäftigen als mit irgendeinem Gerät.«

»Pass auf dich auf«, nickte Erich und startete den Motor.

Das fand Marlowe überhaupt nicht gut und krächzte: »Halt, rief der Fuchs, du Bösewicht! / Kennst du des Königs Order nicht?«

»Keine Angst, wir lassen dich nicht zurück.« Tristan hielt Marlowe seinen rechten Arm hin.

»Also, pass auf«, sagte Erich und legte den Rückwärtsgang ein, während Marlowe auf Tristans Arm kletterte.

Tristan trat einige Schritt zurück und sah seinem Freund nach, wie er den Parkplatz verließ.

»Dann wollen wir mal sehen«, sagte Tristan zu Marlowe, der auf seiner Schulter Platz nahm, »wo sich die illustre Gesellschaft aufhält.«

Die illustre Gesellschaft saß im Biergarten des Hotels und wartete auf die überfällige Wandergruppe. Wie der Detektiv richtig vermutete, begleiteten den Burbacher Bürgermeister drei Journalisten. Der Bürgermeister fiel durch seine sportliche Kleidung auf, während die Journalisten deutlich an ihren Fototaschen zu erkennen waren.

Tristan setzte sich an einen leeren Tisch und bestellte ein Glas Wasser. Er blieb mit Ausnahme des Kellners, der noch nie einen Kakadu auf der

Schulter eines Mannes gesehen hatte, unbeachtet, bis plötzlich eine ihm wohl vertraute Stimme seinen Namen rief.

Die Wandergruppe hatte ihr erstes Ziel erreicht.

7

Pfeiffer humpelte auf Tristan zu. Der Hauptkommissar benutzte tapfer seine Nordic-Walking-Stöcke, und immer, wenn er das verletzte rechte Bein belastete, stieß er den rechten Stock besonders fest auf den Boden. Das führte dazu, dass sein Oberkörper nach links geschoben wurde und beim nachfolgenden Schritt zurückwankte. Sein Gang erinnerte Tristan irgendwie an einen Pinguin.

Dann erkannte er Pfeiffers blutverschmierte Hose und fragte: »Haben Sie sich verletzt?«

»Nicht der Rede wert«, antwortete Pfeiffer bescheiden und fügte missmutig hinzu. »Was machen Sie denn hier?«

Tristan stand auf und zeigte sich in voller Montur. »Was glauben Sie?«

»Sie wollen wandern?!« staunte der Hauptkommissar.

»Richtig erkannt«, grinste Tristan.

»Und Ihr besonderer Freund«, Pfeiffer deutete auf Marlowe, »der soll Sie begleiten.«

»Wieder eine richtige Schlussfolgerung«, lächelte der Detektiv.

»Jetzt sagen Sie bloß nicht, dass Sie in nördlicher Richtung aufbrechen wollen«, knurrte der Hauptkommissar.

»Wenn Norden in der Richtung liegt«, er zeigte auf die Kalteiche, »dann ja!«

»Hm«, klang es knurrend aus Pfeiffers Mund.

Die anderen hatten sich inzwischen um den Burbacher Bürgermeister geschart und den Mann mit dem Vogel auf der Schulter gar nicht beachtet. Erst als die Fotografen ihre Bilder geschossen hatten, erkannte der Staatsanwalt, mit wem sich der Hauptkommissar unterhielt.

Büdenbenders Verhältnis zu dem Privatdetektiv Irle war am ehesten als ambivalent zu bezeichnen. Zum einen hatte der Staatsanwalt durch Tristans erfolgreiche Ermittlungen ein gewisses Ansehen gewonnen, zum anderen war genau das der Grund, seiner latenten Abneigung gegenüber dem Privatdetektiv. Büdenbenders Bewusstsein verdrängte gerne den Grund seiner so erfolgreichen Arbeit, während sein Unterbewusstsein ihn immer mal wieder daran erinnerte, wer die Kastanien aus dem Feuer geholt hatte.

»Irle«, rief er und es klang, als würde er sich verschlucken, »was suchen Sie denn hier?«

Mit ein paar schnellen Schritten stand er neben Pfeiffer.

Jetzt wurden die anderen ebenfalls auf Tristan aufmerksam und starrten den Mann mit Kniebundhosen und mit einem weißen Kakadu auf der Schulter an.

So viel Aufmerksamkeit hatte Marlowe lange nicht mehr erlebt. Er nutzte die Gelegenheit, blickte zu Pfeiffer, dann zu Büdenbender und krächzte: »Vereinen sich jedoch die zwei / Zu traulichem Verbande, / Dann kommt die schönste Lumperei / Hübsch regelrecht zustande.«

Verdutzt sahen sich die Beamten an.

»Tiere können wegen Beleidigung eines Staatsdieners doch nicht belangt werden, oder?« fragte Tristan amüsiert.

Das war zu viel für die Umstehenden, und ein lautes Lachen hallte durch den Biergarten. Nadine und Waltraut lösten sich aus der Gruppe und wollten den Kakadu näher kennen lernen. Doch Marlowe hielt von so viel Aufdringlichkeit nichts und flatterte davon. Mit aufgerissenen Augen verfolgte die Gruppe, wie der Kakadu in einem nahen Baum niederging.

»Ihr Vogel ist gerade weggeflogen«, sagte Nadine und wunderte sich, dass Tristan so ruhig blieb.

»Keine Angst«, erklärte der Detektiv, »er kommt auch wieder zurück.«

Mike nutzte die Gelegenheit, sein Wissen an den Mann oder in diesem Fall an die Frau zu bringen und erklärte: »Kakadus sind Tiere, die sich einen Partner für ein ganzes Leben auswählen. So wie es aussieht, hat sich der weiße Vogel diesen Mann ausgewählt, deshalb wird er auch wieder zu ihm zurückkehren.«

»Sehr gut erklärt«, lobte Tristan. »Außerdem weiß er zu schätzen, wo es die besten Kekse gibt.«

»Jetzt ist es aber genug«, schimpfte Büdenbender, »was haben Sie hier zu suchen?«

»Wissen Sie«, antwortete Tristan, »das Wetter ist gut, und da ich nichts anderes zu erledigen habe, dachte ich mir, geh doch mal wandern.«

»So!« Büdenbender musterte den Detektiv. »Das hat doch nichts mit unserer Wanderung zu tun?«

»Was für eine Wanderung?« fragte Tristan und blickte den Staatsanwalt über den Rand seiner Halbbrille hinweg an.

Otto Otterbach unterhielt sich unterdessen angeregt mit dem Burbacher Bürgermeister. Die beiden kannten sich schon eine Weile und hatten das ein oder andere Projekt erfolgreich durchgezogen. Als Büdenbender lauter wurde, wandten die beiden Politiker sich ebenfalls dem Mann in Kniebundhosen zu.

Die Einzigen, die sich nicht für Irle interessierten, waren Paul, Gerd, Uwe und Daniela. Sie saßen an einem Biergartentisch und sahen sich die Show sozusagen aus der zweiten Reihe an.

»Was hat Büdenbender nur?« fragte Daniela. »Der Mann sieht doch lächerlich aus.«

»Ein paar Pfund weniger würden ihm guttun«, meinte Paul nicht ohne Sarkasmus.

»Ich hatte ihn mir größer vorgestellt«, meinte Uwe, »nach allem, was man so über ihn gehört hat.«

»Mir gefällt das nicht«, schnaufte Gerd, »es sollte eine Imagekampagne für uns werden. Wenn der Privatschnüffler mitkommt, dann funktioniert das alles nicht mehr.«

»Du meinst«, staunte Daniela, »er ist hier, weil er uns begleiten möchte.«

»Nein«, antwortete Gerd hart, »er ist hier, weil Martin gestern ums Leben gekommen ist.«

»Aber woher soll er das denn wissen?« fragte Uwe und schüttelte den Kopf.

»Keine Ahnung, Nudel«, ätzte Gerd, »aber ich verwette meine grünen Sterne, dass dies der Grund ist.«

»Die kannst du behalten«, grinste Paul, »aber du könntest Recht haben. Wir sollten ihn uns mal näher anschauen.«

»Ich weiß nicht«, grübelte Daniela, »das alles kann doch Zufall sein.«

»Träum weiter«, grinste Gerd und stand auf. Die anderen folgten ihm, und so gesellten sie sich zu der Gruppe, die um Tristan einen regelrechten Wall gebildet hatte.

»Das ist doch nicht Ihr Ernst«, hörten sie Büdenbender rufen. »Das geht auf gar keinen Fall.«

»Was wollen Sie unternehmen?« fragte Tristan herausfordernd. »Es ist ein öffentlicher Wanderweg, ich muss ja nicht unbedingt mit Ihnen wandern.«

»Jetzt beruhigen Sie sich alle mal«, polterte Otterbach. »Herr Irle ist eine angesehene Persönlichkeit im Kreis. Er kann natürlich hingehen, wohin er will. Im Übrigen hätte ich persönlich nichts dagegen, wenn er uns begleitet.«

»Aber Herr Landrat!«, jaulte Büdenbender auf, »wir sind hier, weil wir eine gute Pressegeschichte schreiben wollten.«

»Das können wir immer noch«, knurrte Otterbach. »Irle ist schließlich ebenso Polizist wie die anderen hier auch.«

»Bitte, das würde ich nicht sagen«, warf Pfeiffer laut ein. »Nichts gegen Sie persönlich, Herr Irle, aber Ihre Vorgehensweisen haben sehr wenig mit der Arbeit eines guten Polizisten zu schaffen.«

»Meinetwegen«, stöhnte Otterbach, dem lange Gespräche, in denen er keinen Monolog führen konnte, zuwider waren, »arbeitet er eben etwas unkonventionell. Dennoch liegen ihm Recht und Ordnung genauso am Herzen wie Ihnen, Herr Pfeiffer.«

»Bitte!« sagte Tristan ruhig, »Ich möchte hier keinen Unfrieden säen.«

»Das tun Sie nicht«, mischte sich Nadine ein. »Ich schlage vor, dass wir in der Gruppe abstimmen.«

»Gute Idee!« Waltraut unterstützte ihre Freundin und rief: »Irgendjemand dagegen?«

»Wogegen?« fragte Büdenbender, der spürte, wie ihm die Kontrolle entglitt.

»Gegen eine Abstimmung, Herr Staatsanwalt«, erklärte Waltraut und verdrehte ihre Augen.

»Also«, stotterte Büdenbender, »ich finde, das geht jetzt alles etwas zu schnell.«

»Wir müssen weiter«, mahnte der Landrat und übernahm das Kommando: »Wir stimmen ab! Wer ist dafür, dass Herr Irle uns begleitet?«

Nadine, Waltraut, Mike, Chantal, Daniela, Uwe sowie der Landrat hoben die Hand.

»Wer enthält sich?« fragte Otterbach anschließend.

Pfeiffer, Paul und Gerd hoben nun die Hand.

»Damit ist entschieden, dass Herr Irle uns begleitet«, rief der Landrat. »Willkommen in der Gruppe, Herr Irle.«

»Wo ist Holzbaum?« fragte Pfeiffer und sah sich nach seinem Partner um.

8

Holzbaum saß beim Mittagessen.

Kaum, dass sie den Biergarten erreicht hatten, hatte sich der Kommissar ins Hotel abgesetzt. Drinnen suchte er das Restaurant auf, setzte sich an einen Tisch und verlangte sofort nach der Speisekarte. Von der ganzen Aufregung draußen bekam er gar nichts mit. Er studierte ausgiebig die Karte und bestellte sich schließlich ein Siegerländer Krüstchen sowie ein großes Glas Bier vom Fass. Erst dann sah er sich um und bemerkte, dass im Biergarten eine Diskussion begonnen hatte. Als ein weißer Kakadu aus der Menschentraube aufstieg, wusste er, dass Irle der Grund für den kleinen Aufstand bildete. Beruhigt setzte er sich wieder an seinen Tisch, wo bereits das große Glas Bier auf ihn wartete. Er nahm einen kräftigen Schluck und bekam unerwarteten Besuch.

Ranger Mike Müller-Ehrenfried hätte dem erstaunten Kellner sicherlich das ausgezeichnete Personengedächtnis eines Kakadus erklären können. Doch es war bei weitem beeindruckender, diese Fähigkeit zu erleben. Als Holzbaum an der Tür stand, hatte ihn Marlowe sofort erkannt, und da er gelernt hatte, dass es in Holzbaums Nähe immer etwas zu naschen gab, war er ihm gefolgt.

»Na, wen haben wir denn hier«, rief Holzbaum überrascht, als Marlowe auf einer Stuhllehne landete.

Der Kakadu sträubte seinen Kamm und wippte aufgeregt mit dem Kopf. Holzbaum kraulte ihm liebevoll die Brust, was sich Marlowe nicht von jedem gefallen ließ.

Der Kellner wusste nicht so recht, wie er sich verhalten sollte, doch als Marlowe krächzte: »Ich wusste, sie ist in der Küchen, / Ich bin ihr leise nachgeschlichen«, da entschied er, wegen des Vogels erst einmal nichts zu unternehmen.

Stattdessen servierte er das Siegerländer Krüstchen. Holzbaums Bulldoggengesicht strahlte beim Anblick des zubereiteten Essens. Das Siegerländer Krüstchen bestand aus einer Scheibe Brot, die unter einem gebratenen Schnitzel lag, und einem Spiegelei, das das Schnitzel bedeckte. Wahlweise wurden Kartoffelsalat oder Pommes sowie gemischter Salat als Beilagen angeboten. Holzbaum hatte sich für Pommes entschieden, und die betrachtete Marlowe mit besonderem Interesse. Holzbaums Magen knurrte vor Freude, und so schlug er genüsslich zu. Ab und an reichte er Marlowe eine Fritte, die der Kakadu schmatzend in seinem Schnabel verschwinden ließ.

Zu diesem Zeitpunkt hatte man draußen im Biergarten mehrheitlich entschieden, Irle mitwandern zu lassen. Holzbaum hörte seinen Namen rufen, reagierte aber nicht.

Schließlich tauchte Pfeiffer im Restaurant auf.

»Wir wollen weiter«, rief er seinem Partner zu.

»Moment noch«, antwortete Holzbaum und aß seelenruhig weiter.

»Die gehen ohne dich«, warnte Pfeiffer und trat einen Schritt näher an Holzbaums Tisch.

Das mochte Marlowe überhaupt nicht. Er breitete seine Flügel aus und krächzte laut.

»Ich glaube, du störst ihn beim Fressen«, meinte Holzbaum und zerteilte das letzte Stück Schnitzel in zwei gleich große Teile.

»Schon gut«, Pfeiffer ging einen Schritt zurück. »Der Vogel wird uns begleiten.«

»Habe ich mitbekommen«, nickte Holzbaum und verschlang das letzte Stück des Schnitzels. »So, jetzt bin ich fertig. Kellner, ich möchte zahlen.«

Marlowe hielt es ebenfalls für angebracht, seinem Herrchen zu folgen, und flatterte nach draußen. Holzbaum zahlte und sagte beim Verlassen des Restaurants: »Wenn das Gehetze so weitergeht, dann bekomme ich noch ein Magengeschwür.«

»Du solltest nicht so viel essen«, sagte Pfeiffer, »dann wird es deinem Magen auch besser gehen.«

Holzbaum schielte seinen Chef von der Seite an und zuckte mit den Schultern.

»Was macht das Schienbein?« fragte Holzbaum mit einem Hauch von Schadenfreude.

»Es geht besser«, antwortete Pfeiffer. »Da ist unser neuer Begleiter.«

Holzbaum begrüßte herzlich den Detektiv, auf dessen Schulter sich Marlowe bereits wieder eingefunden hatte.

Dann gab Büdenbender das Zeichen zum Aufbruch.

3. Die Wölfe heulten ...

Donnerstagmittag,
Wasserscheide – Wilgersdorf

»Die Wölfe heulten die ganze Nacht«, erzählte Mike leise, während sie oberhalb des Schwarzebachs durch ein besonders dunkles Stück Wald gingen, »draußen lag der Schnee meterhoch, und das ganze Dorf schien abgeschnitten vom Rest der Welt. Die wenigen Haustiere blökten und quiekten vor Angst und dann geschah es.«

»Was geschah?« rief Pfeiffer, der den Anfang von Mikes Erzählung nicht mitbekommen hatte.

»Die Wölfe kommen«, zischte Nadine und bat Mike weiterzuerzählen.

»Die Krallen scharrten an den nur lose verschlossenen Stalltüren«, begann Mike von neuem, »bis die Türen aufsprangen und die Wölfe in die Ställe eindrangen. Und dann begann das Morden.«

»Morden kann man das wohl nicht nennen«, warf Paul ein. »Die Wölfe hatten Hunger.«

»Da ist was dran«, mischte sich Nudel ein. »Mord ist es erst dann, wenn aus niederträchtigen Gründen getötet wird.«

»Dann ist die Frau, die ihren Mann mit einer anderen erwischt und den Mann erschießt, keine Mörderin?« fragte Chantal.

»Moralisch gesehen schon«, antwortete Büdenbender, »aber die Tat könnte als Totschlag durchgehen.«

»Gut zu wissen«, grinste Nadine, »für den Fall, dass mich mein Mann mal betrügen sollte.«

»Du hast ja noch keinen«, wandte Waltraut ein. »Ich werde ihn aber sicherlich warnen.«

»Du bist eine wirkliche Freundin«, lächelte Nadine bittersüß.

Um Mike hatte sich eine Gruppe gebildet, als sie das Dorf verlassen hatten. Der Ranger hatte begonnen, von den Mühsalen der früheren Landbewohner zu berichten, und war schließlich zu den Wölfen gekommen. Die lebten noch bis ins 17. Jahrhundert zahlreich in den dichten Wäldern rund um die Kalteiche. Manchmal wurden sie zur Plage, und dann veranstalteten die nassauischen Fürsten große Treibjagden. Die Fürsten hatten ihren Stammsitz im nahen Dillenburg.

Tristan und Holzbaum bildeten momentan die Nachhut. Das gemächliche Tempo kam beiden entgegen. Tristan plagten noch einige Koordinierungsschwierigkeiten, Wanderstab und Gehweise sinnvoll zu ergänzen. Er trug den Stab mehr zur Zierde, als dass er ihn beim Wandern zur Entlastung einsetzte. Holzbaum dagegen bereute das üppige Mittagessen, das ihm nun im Magen lag. Sie spazierten, mehr als dass sie wanderten, und fanden so die Muße, sich über Gott und die Welt zu unterhalten, bis Tristan den Unfall ansprach.

»Das ist schon eine komische Sache«, begann der Detektiv vorsichtig.

»Was für eine Sache?« fragte Holzbaum.

»Der Unfall«, antwortete Tristan.

»Oh, Sie wissen«, sagte Holzbaum, ohne weiter nachzufragen. »Diese Treppe ist steiler als die in Ihrem Haus. Da kann man leicht das Gleichgewicht verlieren.«

»Wie alt war der Polizist?«

»Ich schätze Mitte dreißig, so wie die anderen da vorne auch.«

»Also keine gebrechliche Gestalt wie wir«, grinste Tristan.

»Na, so schlimm ist es mit uns ja auch nicht«, erwiderte Holzbaum. »Aber ich verstehe, worauf Sie hinauswollen.«

»Es gab keine Zeugen«, sprach Tristan weiter. »Das ist für den Mann schon sehr dumm gelaufen.«

»Ja, das kann man sagen«, nickte Holzbaum. »Wissen Sie, die ganze Gruppe macht einen sympathischen Eindruck. Die scheinen sich alle gut zu verstehen.«

»Und?« Tristan spürte, dass Holzbaum etwas auf der Zunge lag.

»Nun«, führte er weiter aus, »es ist auffallend, wie sympathisch sie sind. Ich meine, die Männer haben, mich und Pfeiffer ausgenommen, alle niedrigere Dienstgrade als die Mädels.«

»So?« Tristan betrachtete die Beamten vor sich. »Die Frauen dürften gut und gerne fünf bis zehn Jahre jünger sein.«

»Sind sie auch, aber sie haben den höheren Dienstgrad. Vielleicht noch nicht die höhere Besoldung, aber die Mädels tragen silberne Sterne, während die Männer sich mit den grünen begnügen müssen.«

»Meinen Sie, das ist ein Problem?«

Holzbaum lächelte. »Stellen Sie sich mal Pfeiffer vor.«

»Oh!« stieß Tristan aus. »Da wäre ein Problem.«

»Ich will ja nicht das Klischee des Machos aufwärmen, aber ich kenne doch meine Kollegen.«

»Der Tote, was für einen Rang hatte der?« fragte Tristan.

»Der war ebenfalls Polizeihauptmeister«, antwortete Holzbaum viel sagend.

Sie näherten sich der Autobahn 45, was deutlich am Lärmpegel der vorbeirasenden Autos zu hören war.

»Nehmen wir mal an«, spekulierte Tristan, »Martin wäre die Treppe hinuntergestoßen worden.«

»Herr Irle«, unterbrach ihn Holzbaum, »ich habe mich heute morgen umgehört, weil mir das alles etwas spanisch vorkam, aber keiner der Anwesenden behauptet, Martin am Abend nochmals gesehen zu haben. Dummerweise haben alle kein Alibi.«

»Wie das?« staunte Tristan.

»Oh, das ist noch nicht einmal verdächtig«, grinste Holzbaum und begann zu erklären:

»Also Daniela war allein, weil Martin im Gemeinschaftsraum des Hotels weilte. Nadine stand unter der Dusche, während Waltraut einen Spaziergang machte. Ranger Mike hatte sich in einen Raum zurückgezogen, um die Route nochmals durchzugehen, womit Uwe allein auf seinem Zimmer war. So ähnlich war das bei Gerd und Paul.

Sie sehen, die ganze Truppe war fleißig auf den Beinen, und jeder hätte ihn die Treppe hinunterstoßen können.«

»Das ist wirklich verrückt! Wer aber könnte aus Mockenhaupts Tod einen Nutzen ziehen?« Tristan sprach lauter, um dem Autobahnlärm entgegenzuwirken.

»Keine Ahnung«, zuckte Holzbaum mit der Schulter. »Er war ein ganz normaler Polizist. Vielleicht kann Ihnen seine Freundin, Daniela Henze, etwas mehr sagen.«

»Er hatte eine Freundin dabei?« staunte der Detektiv. »Mir schien keine der Damen irgendwie in Trauer zu sein.«

»Na ja«, schmunzelte der Kommissar, »diese drei da vorne haben es in sich.«

»Wie meinen Sie das?« Tristan betrachtete die kleine Gruppe vor ihnen.

»Nun, sie wissen um ihre Stärken, kennen ihre Schwächen und das macht sie selbstbewusst«, antwortete Holzbaum. »Sollte man ihnen auf irgendeine Weise dumm kommen, dann werden sie sich wehren, legal oder illegal.«

»Sie wollen damit sagen, dass das keine verträumten Papamädchen sind, die sich von Männern mobben lassen«, sagte Tristan.

»In etwa so«, nickte Holzbaum und fügte fast verlegen hinzu: »Und man sollte ihnen nicht zu sehr auf die Brüste starren, das benebelt nur das eigene Gehirn.«

»Die Polizei hat sich wahrlich geändert«, grinste Tristan. »Ein Segen für unser Land.«

»Na, das sehen wahrscheinlich die niederen Ränge etwas anders«, brummte Holzbaum, »besonders wohl die Männer.«

2

Vor dem Überqueren der B 54 nahe der Autobahn sammelte sich die Gruppe. Wie in Kindergartenzeiten überquerten sie in Zweierreihen wohl geordnet die Bundesstraße. Leider führte der Weg einige hundert Meter die Straße entlang, so dass Gespräche bei dem Lärm der vorbeifahrenden Autos und der nahen Autobahn verstummten, bis sie endlich die Bundesstraße und die Autobahn, die sie durch einen Viadukt kreuzten, hinter sich ließen. Nach gut zwei Kilometern befanden sie sich in einem dichten Buchenwald und erfreuten sich wieder am Vogelgezwitscher. Außer dem metallischen Klicken von Pfeiffers Nordic-Walking-Stöcken, wenn sie den Boden berührten, waren keine störenden Geräusche moderner Zivilisation zu vernehmen.

Waltraut tippte Nadine an und zeigte auf Pfeiffer, der einige Schritt vor ihnen ging.

»Ich frag ihn mal«, grinste Waltraut und Nadine nickte.

Die Polizeikommissarin legte einen Schritt zu und gesellte sich zu Pfeiffer.

»Und?« fragte sie den Hauptkommissar, »sind Sie ein Überzeugter?«

Pfeiffer sah sie verdutzt an und hätte fast seinen Rhythmus verloren.

»Was meinen Sie damit?« knurrte er.

»Nun«, Waltraut ahmte Pfeiffers Armbewegungen übertrieben nach, »das meine ich.«

»Sie finden das anscheinend lustig«, stöhnte der Hauptkommissar.

»Ehrlich gesagt, ja«, Waltraut nickte, als wollte sie dem Gesagten noch mehr Bedeutung geben. »Ist Ihnen noch nicht in den Sinn gekommen, dass Sie dem größten Marketingtrick der Welt zum Opfer gefallen sind?«

»Was soll das denn heißen«, zischte Pfeiffer. »Es ist erwiesen, dass durch richtiges Walken 90 Prozent aller Muskeln in ständiger Bewegung sind.«

»Ja, ja, das sind sie auch beim Laufen«, antwortete Waltraut gelassen. »Aber da fehlt so ein hippes Stöckchen. Das kam erst mit dem Nordic Walking und beschert riesige Umsätze.«

»Wissen Sie«, sagte Pfeiffer, »Sie sollten sich auch zwei Stöcke kaufen, denn Nordic Walking steigert auch die Gehirndurchblutung und fördert die Konzentrationsfähigkeit. Das würde Ihnen vielleicht helfen.«

»Wobei? Zu erkennen, dass Sie einen Irrtum begangen haben. Für jedes Pro-Argument findet sich ein Contra-Argument, was die Sportart reichlich überflüssig macht. Was bleibt, ist die Tatsache, dass diese Stöckchen Lärm verursachen und ziemlich bescheuert aussehen. Abgesehen davon, dass sie auch noch Geld kosten.«

»Das mag Ihnen ja so erscheinen«, konterte Pfeiffer, »aber ich fühle mich wohl mit diesen *Stöckchen* und es tut mir gut.«

»Sie sind ein Überzeugter«, antwortete Waltraut, als gäbe es nichts weiter zu beweisen.

Die anderen hatten amüsiert den kleinen Disput verfolgt, und bis auf den Landrat, der sich mit Pfeiffer solidarisch erklärte, waren die anderen von der Nützlichkeit der Stöcke weniger überzeugt.

Die Gespräche verstummten, als es steil bergan ging. Sie näherten sich dem Sinnerhöfchen, dem Scheitelpunkt der ersten Strecke. Von da an ging es nur noch, einmal von einer kleinen Steigung unterbrochen, bergab. Tristan quälte sich mit Marlowe auf der Schulter den Berg hinauf. Dabei beobachtete er, wie die anderen miteinander umgingen. Er stellte fest, dass ein überaus freundschaftliches Verhalten dominierte. Man scherzte und neckte sich untereinander. Die Einzigen, die respektvoll neutral behandelt wurden, waren Büdenbender, der Landrat und Pfeiffer. Chantal, Holzbaum und Mike befanden sich sozusagen in der Probephase. Ihnen begegneten die Polizisten zwar locker, ihre giftigen Wortspitzen bekamen die drei jedoch nicht ab. Was seine eigene Person anging, so konnte er feststellen, dass man ihn einfach ignorierte. Eine interessante Feststellung, da diese Polizisten sich bei der Abstimmung für ihn entschieden hatten.

Schließlich erreichten sie die Berghöhe und rasteten an einem schönen Aussichtspunkt. Man hatte an dem Rastplatz in einem Halbkreis eine Reihe von Baumstämmen als natürliche Sitzgelegenheiten angeordnet. Ranger Mike sorgte dafür, dass alle Platz nahmen.

»Gibt es wieder eine Lehrstunde?« stöhnte Waltraut und legte ihren Rücksack sowie den von Daniela ab.

»Gefällt dir das nicht?« fragte Mike und blickte sie verärgert an.

»Ich finde es interessant«, meinte Nadine und lenkte den Ranger mit einem Lächeln ab.

»Ach, wenn du meinst«, zischte Waltraut, und legte Danielas Rucksack Paul vor die Füße. »Du bist dran.« Dann ließ sie sich müde auf einem der Baumstämme nieder.

»Wie lange wollt ihr das Spielchen denn noch machen?« fragte Chantal, die sich neben Paul auf den Baumstamm setzte. »Ich meine, die ganze Tour oder nur die heutige Strecke?«

»Die ganze Tour!« rief Daniela schnell. Sie stand noch neben Mike.

»Halt, halt«, konterte Gerd, »das war wohl nicht ganz klar.«

»Der Einsatz war, den Rucksack getragen zu bekommen«, antwortete Daniela.

»Aber wir haben die Länge dieses Einsatzes nicht festgelegt«, erwiderte Waltraut.

»Dann ist es doch klar«, mischte sich Mike ein, »dann gilt die maximale Dauer.«

»Seht ihr, Mike hat das richtig erkannt«, strahlte Daniela und gab Mike unverhofft einen Kuß auf die Backe. »Danke!«

»So ein Luder«, schnaufte Nadine leise und setzte sich neben Waltraut.

»Ich hab's dir doch gesagt«, Waltraut nahm eine Wasserflasche aus ihrem Rucksack, »die Kleine ist nicht zu unterschätzen.«

»Das sehe ich auch«, nickte Nadine.

»Seit wann bestimmt ein Außenstehender unsere Regeln?« warf Nudel ein. »Ich finde, das können wir allein klären.«

»So wie diesen Unfall!« brummte Mike und sah Nudel stumm an.

»Was soll das denn heißen?« Nudels Faust ballte sich vor Wut.

»Nichts«, Mike zuckte mit der Schulter und lächelte verlegen. »Ich meine ja nur, dass Daniela nicht um ihre Siegesprämie gebracht werden darf.«

Um das Ganze nicht in einen handfesten Streit ausarten zu lassen, sagte Hauptkommissar Pfeiffer: »Der Ranger hat Recht. Wir haben keine Dauer des Einsatzes festgelegt, deshalb gilt die ganze Strecke.«

Paul nickte. Gerd und die Mädels schlossen sich ihm an, nur Nudel wandte sich wütend ab.

Die anderen setzten sich jetzt ebenfalls.

»Worum geht es hier eigentlich?« fragte Tristan Kommissar Holzbaum, neben dem er sich niederließ.

Holzbaum erklärte es in wenigen Sätzen.

»Also, da hat sich Pfeiffer verletzt«, nuschelte Tristan. »Ich hätte es mir eigentlich denken können.«

3

Büdenbender und der Landrat verhielten sich äußerst unauffällig. Sie atmeten tief und man hatte das Gefühl, dass den Herren die kleine Unterbrechung äußerst willkommen war. Der Ranger wartete, bis jeder in der Gruppe gegessen oder etwas getrunken hatte. Dann stand er auf und stellte sich vor die Gruppe.

»Wieder ein Vortrag?« nörgelte Gerd.

»Dafür bin ich ja hier«, antwortete Mike und versuchte zu lächeln. Er spürte die Feindseligkeit, die ihm von einigen männlichen Gruppenmitgliedern entgegengebracht wurde. Tapfer fuhr er fort: »Wir befinden uns hier auf der Kalteiche an der Wasserscheide Rhein-Weser.«

»Prima«, lobte Nudel sarkastisch.

»Bitte«, brummte Holzbaum laut, »ich möchte das hören.« Er blickte dabei in die Runde. »Außerdem sollten wir nicht in ein kindergartenähnliches Verhalten zurückfallen, nur weil wir einen Wanderausflug unternehmen. Ich sage das nur, weil gewisse Anzeichen auf einen solchen Rückfall hindeuten.«

»Ganz Ihrer Meinung«, warf Nadine ein.

»Gut«, stöhnte Mike erleichtert, »dann ist das ja geklärt.«

»Nichts ist geklärt«, zischte Nudel kaum hörbar hinter Tristan.

»Okay, dann nochmals von vorne.« Mike begann mit seinen Händen den Vortrag zu unterstützen. »Das Rothaargebirge bildet die Wasserscheide zwischen den Flüssen Rhein und Weser. Jeder einzelne Regentropfen, der hier auf den Boden fällt, wird entweder nach Westen oder nach Osten weitergeleitet. Oder anders ausgedrückt, der Regen, der östlich des Rothaargebirges fällt, fließt nach Osten, der westlich herunterkommt, fließt nach Westen. Kennt jemand die Flüsse, in denen das Wasser sich sammelt und weitergeführt wird?«

»Es ist doch eine Unterrichtsstunde«, sagte Waltraut mit einem Seufzer, der selbst Mike zum Grinsen brachte.

»Na, so schlimm ist es nun auch wieder nicht«, meinte der. »Noten werden ja keine vergeben. Also, wer kennt die Flüsse?«

Mike sah erwartungsvoll in die Runde. Schließlich meldete sich Tristan.

»Da ich davon ausgehe, dass alle der hier Anwesenden die Flüsse kennen«, erklärte der Detektiv, »und sich nur nicht trauen, eine so einfache Antwort zu geben, werde ich das dankbar für die Gruppe übernehmen. Wenn Sie von der Wasserscheide Rhein-Weser sprechen, dürften diese beiden Flüsse die westlichen und östlichen Gewässer sein, in denen unser Regenwasser zugeführt wird.«

»Das ist korrekt, Herr Irle«, nickte Mike.

»Dann wären die Flüsse, die nach Westen fließen – angefangen im Norden – Möhne, Lenne, Ruhr, Lahn und natürlich unsere Sieg.«

»Das ist wieder richtig«, lobte Mike.

»Die Flüsse, die nach Osten fließen – wieder angefangen im Norden – wären dann«, Tristans graue Zellen freuten sich auf diese kleine Herausforderung, und hatten so schnell die Lösung gefunden. »Ich muss mich korrigieren«, sagte Tristan schließlich. »Im Osten gibt es nur einen größeren Fluss, und zwar die Eder.«

»Was ist mit der Lahn?« warf Büdenbender ein. »Die fließt doch nach Osten ab.«

»Richtig, aber dann biegt sie nach Südwesten und fließt in der Nähe von Koblenz in den Rhein«, erklärte Mike.

»Schön und gut«, stieß Pfeiffer aus, »wollen wir jetzt weitergehen, bevor mir die Knochen noch steif werden?«

»Pfeiffer hat Recht«, pflichtete ihm der Landrat bei. »Auf, auf, ihr Männer und Frauen!«

Die Gruppe sammelte ihre Rucksäcke auf, und dann ging es über den Höhenkamm in Richtung Wilnsdorf.

Tristan wartete, bis sich auch der Letzte in Bewegung gesetzt hatte, dann nahm er Marlowe von der Schulter und forderte ihn auf: »Flieg jetzt mal ein Stück!« Mit einem kleinen Schubs gab der Detektiv zu verstehen, was er wollte, und Marlowe flatterte davon.

Nachdenklich schulterte Tristan seinen Rucksack und sah, dass Daniela auf ihn wartete. Gute zwanzig Meter weiter vorne hatte Büdenbender zu singen begonnen und animierte die anderen mitzusingen.

»Das ist bewundernswert«, sagte Daniela, als Tristan sich zu ihr gesellte.

»Was meinen Sie, das Singen oder Marlowe?« lächelte der Detektiv.

»Ich meine nicht das schräge Singen«, antwortete Daniela.

Tristan nickte.

Sie gingen einige Meter schweigend nebeneinander her, ohne sich dem Chor der schiefen Klänge anzuschließen.

»Es tut mir Leid, was Ihrem Freund zugestoßen ist«, begann Tristan schließlich vorsichtig ein Gespräch.

»Danke, Sie wissen es also!« Daniela suchte den richtigen Ton, »aber es ist nicht ganz so schlimm, wie Sie vielleicht glauben.«

Der Detektiv hob die Augenbrauen.

»Sie werden mich bestimmt für einen verachtenswürdigen Menschen halten«, erklärte sie zögerlich, »aber ich habe Martin nicht so geliebt, dass sein Tod mir nun das Herz gebrochen hätte.«

»Oh!« gab Tristan von sich.

»Martin war eine Hilfe«, Daniela fuchtelte nervös mit den Händen, während sie den Anschluss hielten. »Ich war lange Zeit mit Uwe Nudel zusammen. Sie nennen ihn nur Nudel«, sie lächelte wehmütig, »was ihm gar nicht gefällt. Ihn hab ich geliebt, Martin sollte mich über den Verlust hinwegtrösten.«

»Wissen Sie, Daniela«, sagte Tristan freundlich, »ich danke Ihnen für das Vertrauen, aber warum sagen Sie mir das?«

»Nun«, staunte die Polizeikommissarin, »weil Sie davon ausgehen, dass es ein Mord war.«

»Woher wollen Sie denn wissen«, antwortete Tristan spitzbübisch, »wovon ich ausgehe?«

»Sie sind mir einer«, erwiderte Daniela und legte sanft ihre Hand auf seine Schulter. »Weshalb sollten Sie denn sonst an dieser Wanderung teilnehmen? Ein Irle taucht doch nur da auf, wo es einen Fall zu lösen gibt.«

»So? Könnte es nicht auch der Fall sein, dass ein Irle sich die wunderschöne Landschaft ansehen möchte?« antwortete der Detektiv.

»70 km freiwillig mit der Polizei?« Sie schüttelte den Kopf. »Nein, das glaube ich nicht. Und da bin ich nicht die Einzige.«

»Dann ist meine Tarnung wohl hinüber«, grinste er.

»Nein«, antwortete Daniela entschieden. »Sie hatten überhaupt keine Tarnung, deshalb kann sie auch nicht hinüber sein.«

»Das ist wohl der Preis meines Erfolges«, stöhnte Tristan.

»Vielleicht, aber es gab keinen Mord«, sagte sie ernst. »Martin hatte etwas getrunken, wie wir alle gestern Abend. Dann kam noch ein Streit hinzu und schon ist es passiert.«

»Sie haben sich mit ihm gestritten?«

»Ja«, nickte sie. »Nachdem wir die Runde aufgelöst hatten, bin ich mit Martin aufs Zimmer gegangen. Es war nach zehn und ich war müde. Martin wollte noch etwas fernsehen, ich nicht. Der ganze Tag war schon nicht gut gelaufen. Martin wollte unbedingt noch tippen gehen, obwohl wir schon viel zu spät dran waren. Ich musste noch etwas für die Wanderung einkaufen, und wir haben es gerade noch so bis zur Wache geschafft.

Na ja, am Abend ergab dann ein Wort das andre. Schließlich ist er wütend nach unten gegangen.«

»Sie sagen ›Er ist nach unten gegangen‹«, Tristan sah sie nachdenklich an. »Heißt das, dass er nicht die Treppe hinuntergefallen ist?«

»Nicht als er das Zimmer verlassen hat«, nickte Daniela. »Der Unfall war gegen viertel vor elf. Er muss hinuntergefallen sein, als er auf dem Weg zurück ins Zimmer war.«

»Was wollte er sich ansehen?«

»Die Nachrichten, Lottozahlen, das Wetter, denke ich«, antwortete Daniela. »Genauer: die Tagesthemen, das würde vom Zeitablauf her passen.«

Tristan nickte. Dann mahnte er sich zur Aufmerksamkeit, denn ihm wurde bewusst, dass er hier mit einer Polizeikommissarin sprach.

»Vom Zeitablauf würde das passen. Die Tagesthemen beginnen um 22.15 Uhr und enden um 22.45 Uhr«, sagte er.

»Ich glaube, er hat sich noch etwas zu trinken geben lassen, was letztlich zu viel war«, sagte sie leise.

»Das ergäbe ein schlüssiges Bild«, meinte Tristan.

»Die anderen denken ähnlich«, erklärte Daniela, »sonst hätten wir den Ausflug abgebrochen. Wir sind nämlich nicht gefühlsarm.«

»Wissen Sie, ob jemand Martin beim Fernsehen Gesellschaft geleistet hat?«

»Keine Ahnung«, schüttelte Daniela den Kopf.

»Hm«, brummte der Detektiv. »Vielleicht sollte ich mich mal umhören.«

»Wenn es einer von uns war«, sagte sie, »dann hätte er oder sie es bestimmt schon erwähnt.«

»Sie waren die einzigen Gäste?« hakte Tristan nach.

»So wie es aussah, ja.«

»Vielleicht haben Sie Recht«, überlegte Tristan, »und es war wirklich nur ein bedauerlicher Unfall.«

»Ganz sicher«, antwortete Daniela überzeugt.

4

Marlowe mochte den dichten Wald nicht. Es gab Vögel, die genauso groß waren wie er, und die hatten etwas gegen Eindringlinge. So hielt er sich in der Mitte des Weges auf und behielt sein Herrchen im Blick. Zudem war er das ständige Fliegen nicht mehr gewohnt, so dass er immer wider auf einem Ast landete, die Gruppe einige Meter vorausgehen ließ, um sie dann zu überholen und wieder in einem Ast zu landen. Er wiederholte diese Prozedur ein paar Mal, bis er genug hatte und wieder auf Tristans Schulter landete.

»Ein schönes Tier haben Sie da«, lobte Paul, der seit einiger Zeit neben Tristan marschierte.

»Danke«, antwortete der Detektiv. »Er will verwöhnt werden.«

»Haben Sie den Vogel schon lange?«

»Den Kakadu, ja, den habe ich vor Jahren von einem befreundeten Pfarrer geschenkt bekommen.«

»Wie alt werden diese Kakadus?« Paul hatte das Bedürfnis, den Vogel zu streicheln.

»Sehr alt«, antwortete Tristan. »Seien Sie vorsichtig, er beißt!«

Der Polizeihauptmeister zog seine Hand zurück.

»Haben Sie ihn trainiert?« fragte Paul. »Ich meine, das mit dem Sprechen?«

»Ich hatte die Idee, ihm Zitate deutscher Dichter beizubringen«, erklärte Tristan. »Das habe ich leider nicht besser gewusst. Seitdem quasselt er zu allen möglichen und unmöglichen Situationen einen Spruch.«

»Damit könnten Sie auftreten«, meinte der Polizist.

»Leider hat Marlowe auch einen Dickkopf«, meinte Tristan, »er spricht nicht auf Kommando, was einen Auftritt schnell peinlich werden ließe.«

»Verstehe«, nickte Paul. »Das könnte ins Auge gehen.«

Sie gingen einige Meter, wobei Paul Marlowe genau beobachtete. Schließlich sagte er: »Sie haben eben mit Daniela gesprochen. Glauben Sie nicht an einen Unfall?«

»Was denken Sie?«

»Eine Frage mit einer Frage zu beantworten«, grinste Paul, »das ist die höfliche Art, nichts zu antworten.«

»Sie sind der Polizist«, erwiderte Tristan freundlich.

»Verstehe«, nickte Paul. »Es geht mich nichts an, worüber Sie gesprochen haben. Ich glaube, es war ein Unfall. Martin hatte schon eindeutig zu viel getrunken, als er zusammen mit Daniela auf ihr Zimmer ging.«

»Woher wollen Sie das so genau wissen?« Tristan wurde neugierig.

»Nun«, lächelte Paul, »ich kannte Martin schon eine halbe Ewigkeit. Wir hatten gestern Abend in etwa die gleiche Menge an Alkohol zu uns genommen. Er vertrug immer schon weitaus weniger als ich. Deshalb kann ich gut einschätzen, dass er zu viel intus hatte. Außerdem fehlt ein Motiv. Weshalb hätte man ihn also umbringen sollen?«

»Sie sind der Erste, der ein Motiv ins Spiel bringt«, antwortete Tristan.

»Spielen wir denn?« fragte Paul zweideutig.

»Ist bloß eine Redewendung«, meinte Tristan gelassen.

»Aus Ihrem Munde klingt das anders«, erwiderte der Polizist. »Haben Sie eigentlich einen bestimmten Verdächtigen, oder sind erst einmal alle verdächtig?«

Der Weg führte nun leicht bergab, was das Laufen erleichterte. Die vorher auseinander gezogene Gruppe rückte nun langsam wieder zusammen. Paul wartete immer noch auf eine Antwort, als Waltraut und Nadine sich zu den beiden gesellten.

»Stören wir?« fragte Nadine frech und ließ keinen Zweifel daran, dass, wenn ja, ihr das egal war.

»Keineswegs«, antwortete Tristan. »Ihr Kollege fragte bloß, ob ich Sie alle verdächtige.«

»Verdächtigen«, wiederholte Nadine überrascht. »Wessen verdächtigen Sie uns?«

»Des Mordes«, warf Paul ein.

»Ist denn jemand umgebracht worden?« fragte Waltraut herausfordernd.

»Martin Mockenhaupt«, nannte Paul.

»Der Trottel ist die Treppe hinuntergefallen«, stöhnte Nadine abfällig. »Das war kein Mord.«

»Sagen Sie«, antwortete Tristan.

»Wissen Sie«, Nadine sah den Detektiv aus ihren großen, blauen Augen an, »ich schlage vor, dass Sie mit Chantal sprechen, der Ärztin. Die wird Ihnen bestätigen, dass Martin eines Unfalltodes gestorben ist.«

»Das werde ich gerne tun«, antwortete Tristan.

»Dann rufe ich sie mal«, sagte Nadine und rief: »Chantal, dein Typ wird verlangt!«

Die Ärztin an der Spitze der Gruppe blieb jetzt stehen. Die anderen näherten sich langsam.

»Seit wann duzt ihr euch?« fragte Waltraut ihre Freundin leise.

»Seit eben«, antwortete Nadine und fuchtelte mit den Händen, als wolle sie das Gespräch abwehren. »Sie ist gar nicht so abgehoben, wie man denkt.«

»Hallo«, rief Waltraut, »die Tussi ist mit dem Staatsanwalt zusammen!«

»Leise«, mahnte Nadine.

Tristan starrte die beiden Polizistinnen verwirrt an.

»Daran werden Sie sich gewöhnen müssen«, sagte Paul und schüttelte den Kopf. »Die beiden sind so!«

»Wir sind nicht *so*«, konterte Nadine und begrüßte Chantal im selben Atemzug. »Bitte, sei so nett und erkläre dem Detektiv, warum Martin nicht umgebracht worden ist.«

»Also, Nadine«, begann Chantal und passte sich der Gehgeschwindigkeit der Vier an, »da musst du dich verhört haben. Ich habe gesagt, dass es höchstwahrscheinlich bei dem Sturz zu einem Genickbruch kam.«

»Na, das hörte sich eben aber ganz anders an«, schnaufte Nadine.

»Ich sprach im Konjunktiv«, lächelte die Ärztin süffisant. »In Anwesenheit des Herrn Irle werde ich mich auf keinen Imperativ einlassen, wenn ich nicht sicher bin. Ich hatte das Vergnügen, diesen ausgezeichneten Detektiv, Sie gestatten dieses Lob, Herr Irle, einmal in Aktion zu erleben, deshalb werde ich mich hüten, irgendwelche Spekulationen von mir zu geben.«

»Das ist sehr nett von Ihnen«, sagte Tristan, der die Ärztin vage in Erinnerung hatte. »Wie ist er denn nun gestorben?«

»Durch einen Genickbruch, das steht zweifelsohne fest«, antwortete sie, »ob das die Folge des Sturzes war, konnte ich allerdings nicht feststellen.«

»Wie soll er sich denn sonst das Genick brechen«, maulte Nadine etwas überheblich.

»Durch eine heftige Bewegung des Kopfes«, ergänzte Paul, »zum Beispiel.«

»Dabei kann man sich aber schlecht das eigene Genick brechen«, höhnte Nadine.

»Ich dachte ja auch eher an eine Fremdeinwirkung, Frau Polizeikommissarin«, erwiderte Paul bissig.

»Haben Sie eine Fremdeinwirkung feststellen können?« fragte Tristan.

»Nein, dazu fehlten mir die Mittel«, antwortete Chantal, »eine Obduktion könnte das eventuell bestätigen. Ich betone: eventuell, da es sehr schwer ist, eine hundertprozentige Kausalität herzustellen.«

»Wie meinen Sie das?« hakte jetzt Paul nach.

»Nun, es besteht immer noch die Möglichkeit, dass er sich beim Sturz den Halswirbel genauso gebrochen hat, wie ein Halswirbelbruch typischerweise nach einer gewaltsamen Fremdeinwirkung aussehen würde. Das ist bei dieser Art von Unfall dummerweise so«.

Sie sah Tristan betroffen an.

»Wenn Sie keine Spuren eines Kampfes am Körper finden, oder wenn es von vorneherein ausgeschlossen ist, dass man sich das Genick bei einem Sturz brechen kann, zum Beispiel bei einem Spaziergang auf einer ebenen Straße, dann wird es für jeden Pathologen schwer, eine genaue Analyse abzugeben.«

»Und wenn er beim Sturz bereits tot war«, wollte Tristan wissen, »bilden sich dann blaue Flecken?«

»Hämatome, meinen Sie?«

Tristan nickte.

»Da bin ich überfragt«, antwortete die Ärztin. »In diesem Fall treffen Tod und Sturz der Person fast zeitgleich ein. Vielleicht lässt sich das anhand der Hämatome feststellen.«

»Vorausgesetzt er hat welche«, meinte Nadine, »Sie kennen ja den Spruch: Besoffene und Kinder fallen weich.«

Paul stieß einen lauten Seufzer aus.

»Was?« zischte Nadine.

»Der Vergleich hinkt«, antwortete Paul. »Wenn Martin vor dem Sturz umgebracht wurde, dann ist er wohl kaum ein Betrunkener, sondern ein Toter.«

»Da hat er Recht«, nickte Chantal.

»Na, meinetwegen«, meinte Nadine. »Jetzt will ich aber von diesem Unfall nichts mehr hören.«

»Ja, es reicht«, schloss sich Waltraut an. »Wo befinden wir uns eigentlich?«

»Ich glaube auch, dass wir das Thema jetzt erst einmal ruhen lassen sollten«, sagte Tristan nachdenklich.

»Wie Sie meinen«, antwortete Paul.

Sie befanden sich jetzt einen Kilometer vom Hauptweg des Rothaarsteiges entfernt. Mike und Büdenbender waren vorausgegangen, um etwas zu suchen.

»Oh, oh«, schnaufte Nadine, als sie sah, dass die Herren stehen geblieben waren. »Jetzt gibt es wieder Nachhilfeunterricht.«

Und in der Tat wollte Mike eine neue Geschichte loswerden, doch dieses Mal unterbrach der Landrat den Ranger und bat Tristan nach vorne.

»Herr Irle«, begann der Landrat freundlich, »bitte erzählen Sie uns die Geschichte von Wieland dem Schmied.«

Tristan sah den Landrat verdutzt an.

»Woher wissen Sie denn, dass mich diese Sage interessiert?«

»Nun«, grinste Otterbach und fuhr sich mit der Hand durch sein Haar. »Nicht nur Sie können recherchieren.«

»Sie haben gute Arbeit geleistet«, nickte Tristan. »In der Tat interessiert mich Wieland, weil er ausgezeichnete Schwerter hergestellt haben soll.«

»Nun«, forderte der Landrat, »die Bühne gehört Ihnen.«

Tristan nickte, dann nahm er Marlowe von der Schulter und rief: »Herr Holzbaum, würden Sie so nett sein, Marlowe zu halten?«

Holzbaum nahm den Kakadu gerne und ließ sich dabei bestaunen.

Der Detektiv begann unterdessen die Geschichte von Wieland dem Waldschmied zu erzählen.

»Hier, nahe bei Wilnsdorf so erzählt es die Sage, soll der Waldschmied Wieland gelebt und gearbeitet haben. Er war bekannt für seine kunstvoll gefertigten Trinkbecher und für seine guten

Schwerter. Sogar der König von Gotland – wo immer das Königreich auch lag – bestellte sein Schwert bei dem Waldschmied. Aber wie das so ist bei Königen, sie haben Sonderwünsche. So war das auch bei dem König von Gotland. Der wollte ein Schwert, das so scharf sein sollte, dass man damit einen in der Luft schwebenden Spinnenfaden durchschneiden konnte«.

Tristan nahm einen Schluck Wasser aus seiner Trinkflasche und fuhr mit der Erzählung fort: »Nun, damals waren wir Siegerländer schon fix dabei, und so machte sich der Schmied sofort an die Arbeit. Aber ihm wollte das Schwert nicht gelingen. Da war die Not groß, und so saß Wieland vor seiner Hütte und grübelte. Aus irgendeinem Grund besuchte genau zu der Zeit ein venezianischer Wandersmann das Siegerland. Wahrscheinlich war er der erste ausländische Wanderer auf dem Rothaarsteig – jedenfalls, so berichtet es die Sage, war dieser Venezianer einer, der aller Metalle kundig war. Er sagte dem Schmied, wenn er ein Metall gewinnen wolle, das so geschmiedet werden könne, dass es einen Spinnenfaden in der Luft durchschneidet, dann solle er das abgefeilte Eisen seinen Gänsen ins Futter mischen.

Wieland folgte dem Rat des Fremden und mischte die Eisenspäne unter das Futter. Damit war es aber noch nicht getan. Den Kot der Gänse solle er dann in einem Bottich sammeln und alles Leichte herausschwenken. Das Schwere, Unappetitliche, das also, was auf den Boden sinke, solle er mit seinem Schmelzgut im Ofen vermischen.

Und, Sie können es sich schon vorstellen, als Wieland aus dem glühenden Eisen das Schwert geschmiedet hatte, da war es so scharf, dass ein Spinnenfaden in der Luft damit zerteilt werden konnte. Das freute den König, und er bezahlte mit einem Beutel Gold. Dem Venezianer gefiel es so gut bei Wieland, dass er noch zwei Jahre blieb. Damals muss das Wetter wohl besser gewesen sein als heute.«

»Eine schöne Geschichte«, rief der Landrat.

»Gut vorgetragen«, lobte Pfeiffer.

»Danke, danke«, freute sich Tristan, »aber lassen Sie uns weitergehen, es wird schon spät.«

»Irle hat Recht«, rief Büdenbender, »der nächste Rastplatz ist zugleich auch unser Nachtquartier.«

5

Sie folgten dem Wanderpfad einen Kilometer bis zur Kreuzung, an dem sich der Rothaarsteig in die Westerwaldvariante und in die Dillvariante teilte. Die Polizeigruppe bewegte sich auf der Westerwaldvariante und stieß nun auf den Hauptwanderweg, der die Gruppe bis zum Rhein-Weser-Turm führen sollte. Das Wetter war wider Erwarten genau so, wie es die Meteorologen vorhergesagt hatten. Eine leichte Brise trieb kleine, weiße Schäfchenwolken über einen blauen Himmel, der ab und zu durch das dichte Blätterdach zu erblicken war. Mit jedem Schritt kamen sie ihrem Etappenziel in Wilgersdorf näher.

Ranger Mike beantwortete Fragen, wann immer jemand aus der Gruppe etwas zur Fauna oder Flora wissen wollte. Ein Eichelhäher sorgte kurz vor Erreichen der Dorfgrenze für Aufregung, weil eine Diskussion über den heimischen Vogelnamen entfachte.

»Im Siegerland wird der Eichelhäher *Magolves* genannt«, betonte der Landrat patriotisch, und dann fiel ihm die Frage ein: »Wer von Ihnen stammt eigentlich aus dem Siegerland?«

Tristan wurde sofort aufmerksam.

Pfeiffer und Holzbaum, das war dem Detektiv schon seit Jahren bekannt, stammten nicht aus dem Siegerland oder Wittgenstein. Der Landrat wohnte zwar in Siegen, kam aber aus dem ehemaligen Fürstentum Wittgenstein. Bei Staatsanwalt Büdenbender stellte sich heraus, dass er seit über zwanzig Jahren im Siegerland lebte, damit aber noch zu den *Usswärdjien* zählte, denn erst, wenn zwei Generationen in Siegerländer Erde begraben lagen, konnte man von sich behaupten, ein Siegerländer zu sein. Spötter meinten, die deutsche Einbürgerung sei dagegen ein Klacks. Dr. Chantal Remané stammte aus Lothringen, und Ranger Mike war aus Lennestadt gebürtig, also ein Sauerländer. Paul Pommert und Daniela

Henze gehörten trotz der beiden seltenen Nachnamen seit Generationen zu den Siegerländern. Gerd Schlotter, Waltraut Müller und Uwe Nudel stammten aus Wittgenstein. Was Detektiv Tristan Irle und Polizeikommissarin Nadine Fischbach anging, die Nachnamen sprachen für sich, beide dürften bereits im Devon Siegerländer Vorfahren gehabt haben.

Als die Abstammungsverhältnisse geklärt waren, sprach Mike nochmals die Siegerländer Bezeichnung für den Eichelhäher an.

»Herr Landrat, wissen Sie, woher diese Bezeichnung *Magolves* stammt?«

Otterbach grinste, und wären Bären in der Nähe gewesen, sie hätten das Grinsen für einen Honigbottich halten können.

»Natürlich«, polterte es aus ihm heraus. »In mittelalterlichen Tierfabeln nennt man ihn „Markwart", was so viel bedeutet wie Markthüter. Diesen Namen verdankt er seinem Alarmgeschrei, mit dem er die Tiere des Waldes vor nahenden Gefahren warnt. Zudem ahmt er fremde Vogelstimmen nach, was ihn zu einem Satiriker unter den Vögeln macht. Sprachforscher nehmen an, dass das Volksbuch Salomon und Markolf der Ursprung für die Bezeichnung *Magolves* ist. In der im Mittelalter beliebten Geschichte um König Salomon und den lustigen und listigen Bauern Markolf dürften die Menschen im Eichelhäher eine Ähnlichkeit mit dem Bauern Markolf erkannt haben. *Magolves*, so die

Sprachforscher, stammt von Markolf oder besser von Markolfus ab.«

Die Gruppenmitglieder nickten anerkennend. Ranger Mike wollte das letzte Wort aber nicht dem Landrat überlassen.

»Wissen Sie denn auch, welchen ökologischen Nutzen der Vogel für unsere Wälder hat?« fragte er herablassend.

Darauf wusste der Landrat keine Antwort.

»Die Eichelhäher ernähren sich von pflanzlicher und tierischer Kost«, erklärte Mike und jeder spürte, dass er es genoss, sein Wissen loszuwerden. »Im Herbst sammeln sie gern Bucheckern und Eicheln und legen Vorräte an. Auf diese Weise tragen sie zur Verbreitung der Baumarten bei.«

»Förster sind dann wohl überflüssig«, lächelte Otterbach grimmig, »da hätten wir einen Ansatz zu sparen.«

Die anderen kommentierten die Situation mit Schweigen.

Nach einigen Metern, sie erreichten gerade die Ortsgrenze, meinte Paul leise zu Tristan: »Der kann einem auf die Nerven gehen.«

»Sie meinen unseren Ranger?« fragte Tristan.

»Wen denn sonst«, antwortete Paul. »Wenn das die nächsten Tage so weitergeht, dann haben wir noch einen Toten zu beklagen.«

»Er meint es sicherlich nur gut«, sagte Tristan.

»Da wäre ich mir nicht so sicher«, erwiderte der Polizeihauptmeister.

Schließlich erreichten sie ihr zweites Nachtquartier, das Gästehaus in Wilgersdorf.

6

Das Gästehaus schmiegte sich an einen flachen Hang etwas außerhalb des Dorfes. Das weiß getünchte Haus war bereits von weitem zu sehen. Ein mehrstöckiger Bau, der mit dem Charme der ersten Unterkunft so viel gemein hatte wie ein Plattenbau mit guter Architektur. Das Haus diente als Tagungsort und Hotel und bot genügend Betten für die ganze Gruppe.

Das erste Positive, was den Männern auffiel, als sie die Zufahrt hinaufmarschierten, war der offene Biergarten mit Blick auf das weite Tal. Frisch gezapftes Bier an der Außentheke tat ein Weiteres, um die Männer erst einmal dort ihr Lager aufschlagen zu lassen.

Die Frauen wollten raus aus den verschwitzten Klamotten. Sie setzten sich ab und checkten ein. Dieses Mal standen Hotelzimmer in ausreichender Menge zur Verfügung, dennoch teilten sich Nadine und Waltraut wieder ein Doppelzimmer. Daniela entschied sich für ein Einzelzimmer, während Chantal weiterhin ein Zimmer mit Büdenbender teilen wollte.

»Was findest du an dem Typ?« fragte Nadine die Ärztin auf dem Weg zu ihren Zimmern.

»Er hat einen ganz besonderen Charme«, antwortete Chantal versonnen. »Außerdem kann er richtig witzig sein.«

»Büdenbender, witzig? Das kann ich mir gar nicht vorstellen«, meinte Nadine überrascht.

»Doch, ehrlich«, erzählte Chantal fast verlegen, »besonders beim Liebesspiel.«

»Oh, so genau wollen wir das jetzt nicht wissen«, fuhr Waltraut aufgeschreckt dazwischen.

»So?« überlegte Chantal. »Nun, es geht wohl auch nur uns beide etwas an.«

»Hauptsache«, sagte Nadine und sah auf die Schlüsselnummer, »ihr seid glücklich.«

Chantal nickte.

»Ich glaube, hier müssen wir rein.« Nadine deutete auf eine Zimmertür.

Sie verabschiedeten sich. Chantal und Daniela gingen den Gang weiter, während Waltraut und Nadine hinter der Zimmertür verschwanden.

»Was sollte denn das?« rief Waltraut, als die Tür ins Schloss fiel. »Du kannst sie doch nicht nach ihrem Liebesleben befragen?«

»Wieso nicht?« erwiderte Nadine.

»Es gehört sich nicht«, antwortete Waltraut.

»Ich habe keine Geheimnisse«, meinte Nadine spitz.

»Ja, du hast ja auch kein Liebesleben«, sagte Waltraut scharf.

»Natürlich habe ich Sex«, fauchte Nadine, die in diesen Sachen äußerst empfindlich reagierte.

»Das meine ich nicht«, erklärte Waltraut etwas freundlicher. »Ich meine eine feste Beziehung mit allem Drum und Dran.«

»Oh«, staunte Nadine und fügte selbstbewusst hinzu: »Nun ja, die habe ich wirklich nicht. Wäre auch ziemlich eintönig.«

»Du bist manchmal wirklich anstrengend«, schnaufte Waltraut und ließ sich aufs Bett fallen. »Vermissest du nicht einen vertrauten Menschen an deiner Seite, wenn du morgens aufwachst?«

»Nein«, überlegte Nadine, »eigentlich nicht. Wenn der Sex die Nacht davor gut war.«

»Du bist einfach …«, Waltraut fiel das passende Wort nicht ein.

»Sexy«, grinste Nadine und posierte vor ihrer Freundin herum.

»Nein, unverbesserlich«, sagte Waltraut. »Ich gehe duschen.«

»Weißt du, dass die hier ein Schwimmbad haben?« strahlte Nadine.

Im Biergarten trank Tristan sein Bier aus, während der Landrat noch eine Runde gab. Der Detektiv verabschiedete sich. Er spürte die Wanderung in seinen Beinen, was unmissverständlich Auskunft über seinen Fitnesszustand gab. Müde schleppte er sich zur Rezeption, wo er mit großen Augen empfangen wurde.

»Diesen Vogel auf Ihrer Schulter«, begann der Hausherr, »wollen Sie den mit aufs Zimmer nehmen?«

»Ja«, nickte der Detektiv.

»Ich sehe keinen Käfig«, sagte der Hausherr und beugte sich demonstrativ über den Empfangsschalter.

»Es ist auch keiner vonnöten«, erwiderte Tristan. »Gibt es ein Problem?«

»Solche Tiere machen ...«

»... machen was?«

»Nun, Dreck, würde ich sagen«, lächelte der Hausherr.

»Keine Sorge, den entferne ich«, erklärte Tristan bestimmend.

»Also, gegen Hunde haben wir ja nichts.«

»Marlowe ist aber ein Kakadu, wie Sie ja selbst sehen. Gibt es ein Problem, oder können wir jetzt einchecken?« Tristan war müde und ganz und gar nicht in der Stimmung, sich jetzt noch mit Verhandlungen aufzuhalten.

»Sie halten das Zimmer auch wirklich sauber?« fragte der Hausherr nochmals.

»Ganz sicher«, stöhnte Tristan.

»Nun gut«, der Hausherr reichte ihm einen Zimmerschlüssel.

»Danke«, sagte Tristan.

»Die Treppe hinauf und dann links«, erklärte der Mann mit einem Blick, der Zweifel an Tristans Aussage verriet.

Der Detektiv nickte und schritt die Treppe hinauf. Er fand sein Zimmer am Ende eines Ganges. Müde schloss er die Tür auf und setzte Marlowe auf einer Stuhllehne ab. Er entledigte sich des Rucksacks, des Wanderstabs, seiner roten Baskenmütze und ließ sich erleichtert auf das Bett fallen, wo er endlich alle Viere von sich strecken konnte. Marlowe inspizierte inzwischen das Zimmer und brabbelte plötzlich:

»Im Hochgebirg vor seiner Höhle / Saß der Asket; / Nur noch ein Rest von Leib und Seele / Infolge äußerster Diät.«

»Später«, brummte Tristan, »dann gehen wir essen.«

Nachdenklich lag er ausgestreckt auf dem Bett und dachte nach. Den ganzen Tag über hatte er die Mitglieder der Gruppe beobachtet, um sich ein Bild von den einzelnen Teilnehmern zu machen. Die beiden Kommissare von der Mordkommission sowie Staatsanwalt und Politiker interessierten ihn dabei weniger. Alle anderen Gruppenmitglieder waren verdächtig. Leider ließ ihn sein Siebter Sinn noch im Stich. Keiner der Beteiligten verhielt sich auffällig. Sie neckten sich und zogen sich gegenseitig auf, aber alles in allem schien keiner einen größeren Groll auf den anderen zu haben. Selbst Nudel, der von Daniela abserviert worden war, machte gute Mine zum bösen Spiel. Wenn die Obduktion keinen brauchbaren Beweis liefern würde, dann, so grauste es dem Detektiv, wäre der Ausflug wirklich zu einer Fitnessaktion verkommen.

Tristan rappelte sich auf und griff nach seinem Rucksack. Er sah auf den Zimmerwecker und suchte anschließend im Rucksack sein Handy.

In diesem Moment klopfte jemand heftig gegen die Zimmertür.

7

Pfeiffer und Holzbaum standen noch in voller Wandermontur im Flur.

»Dürfen wir reinkommen?« bat Pfeiffer.

»Bitte«, nickte Tristan und ließ die beiden Beamten eintreten.

Holzbaum gesellte sich zu Marlowe, der den Kommissar mit einem Krächzen begrüßte. Pfeiffer stand mitten im Zimmer und hielt seine Stöcke etwas unbeholfen in der Hand.

»Was führt Sie zu mir?« fragte Tristan.

»Können Sie sich das nicht denken?« antwortete Pfeiffer müde. »Wir haben Nachricht erhalten.«

»Nachricht? Wovon?« Tristan bot Pfeifer einen Stuhl an.

»Danke«, nickte Pfeiffer.

Tristan setzte sich aufs Bett. »Also? Wovon haben Sie Nachricht erhalten?« hakte er nach.

»Der Pathologe hat sich übers Handy bei mir gemeldet«, sagte Pfeiffer leise. »Martin Mockenhaupt war bereits tot, als er die Treppe hinunterfiel.«

»Oh«, seufzte Tristan. »Das bedeutet …«

»… einer unserer Wandergesellen ist ein Mörder«, führte Holzbaum den Satz zu Ende.

»Sie hatten den richtigen Riecher, Herr Irle«, meinte Pfeiffer und legte die Stöcke auf den Boden. »Was ich mich den ganzen Tag über frage: Wie konnten Sie von diesem Mord erfahren?«

Tristan musterte Pfeiffer, dann Holzbaum.

Ihm gegenüber saßen zwei Menschen, die ihm sehr vertraut waren. Dennoch war er sich nicht sicher, ob er den mysteriösen Anruf erwähnen sollte. Scheinbar kam der Anruf nicht von den beiden Beamten.

»Ist etwas?« fragte Holzbaum freundlich, der Tristans nachdenklichen Gesichtsausdruck wahrnahm.

Irgendetwas in Holzbaums Stimme ließ den Detektiv schließlich zu der Erkenntnis kommen, mit offenen Karten zu spielen.

»Ich bekam einen Hinweis«, antwortete Tristan und erzählte von dem mysteriösen Telefonat.

»Ich habe Sie nicht angerufen«, schnaufte Pfeiffer. »Du, Holzbaum?«

»Nein«, antwortete der.

»Jemand aus der Gruppe?« fragte Pfeiffer. »Aber wieso?«

»Diese Frage habe ich mir auch gestellt«, nickte Tristan. »Vielleicht wollte die Person nicht, dass

Sie den Fall übernehmen, weil sonst der Wanderausflug gefährdet wäre?«

»Das ist er jetzt aber«, meinte Pfeiffer wütend. »Solange es sich um einen Unfall handelte, war unser Ausflug kein Problem. Nun sieht die Sache anders aus!«

»Mit wem haben Sie sonst noch gesprochen?« fragte Tristan.

»Sie meinen, wegen des Obduktionsergebnisses?« Pfeiffer sah ihn müde durch seine Nickelbrille an.

»Ja!«

»Bisher mit niemandem«, antwortete er.

»Der Staatsanwalt weiß also noch nicht Bescheid?«

»Irle, worauf wollen Sie hinaus?« Pfeiffer war zwar müde, aber seine Ungeduld fühlte sich pudelwohl.

»Solange der Staatsanwalt nicht informiert ist, so lange besteht kein Anlass, den ganzen Polizeiapparat in Gang zu setzen«, begann Tristan zu erklären. »Wenn jetzt der Ausflug beendet wird, dann kommt der Mörder davon.«

»Wie kommen Sie auf diese Idee?« fragte Holzbaum.

»Sie haben doch selbst gesagt, dass es keine Beweise am Tatort gab. Sie können alle Beteiligten verhören, aber ich sage Ihnen, dass dabei nichts herauskommt.« Tristan hielt inne. »Wieso sind Sie angerufen worden und nicht der Staatsanwalt?«

»Büdenbender hat das angeordnet«, antwortete Pfeiffer.

»Könnte es sein, dass Büdenbender gar nicht informiert werden will?« fragte Tristan nachdenklich.

»Sie leiden wohl an Sauerstoffmangel«, zischte Pfeiffer. »Büdenbender will immer informiert werden.«

»Chef«, mischte sich Holzbaum ein, »ich glaube, Irle will damit sagen, dass Büdenbender vielleicht den gleichen Gedanken hatte wie unser Detektiv.«

»Das wäre mal was Neues«, höhnte Pfeiffer.

»Nun, er wandert ohne Slipper durch den Wald«, meinte Tristan ernst.

»Hm«, knurrte Pfeiffer. »Wir bewegen uns auf sehr dünnem Eis, wenn wir diese Information für uns behalten.«

»Sie kennen den Staatsanwalt doch.« Tristan stand auf. »Er ist hundertprozentig korrekt. Aber er ist auch kein Dummkopf. Ein Dandy vielleicht, aber kein Dummkopf, und er will Gerechtigkeit. Was also, wenn er einen Weg sucht, der ihn korrekt handeln lässt, ohne dabei der Gerechtigkeit den Laufpass zu geben? Denn wenn wir jetzt eine offizielle Ermittlung beginnen, dann ist der Mörder nicht mehr zu überführen. Die Wanderung ist zu Ende und alle gehen nach Hause. Wir haben nur dann eine Chance, wenn die Gruppe zusammenbleibt.«

»Sie haben eine blühende Fantasie«, sagte Pfeiffer.

»Irles Hypothese würde erklären«, meinte Holzbaum, »warum er selbst nicht informiert werden wollte.«

»Das hieße aber auch«, knurrte Pfeiffer, »dass er davon ausgeht, dass wir ihn belügen werden.«

»Wir belügen ihn nicht«, verbesserte Tristan, »wir sind nur etwas langsam, wenn es darum geht, Informationen weiterzugeben.«

»Dem Kerl wäre eine solche verquere Denkweise zuzutrauen«, nickte Pfeiffer. »Aber wie gehen wir denn, nur mal angenommen, vor?«

»Uns fehlt ein Motiv«, wandte Holzbaum ein. »Wenn wir das hätten, wüssten wir, in welche Richtung wir unsere Ermittlungen lenken könnten.«

»Ja, Herr Holzbaum«, Tristans graue Zellen begannen zu arbeiten, »wir müssen mehr über die Wandergesellen herausfinden. Letztendlich wird es sich um Eifersucht oder Habgier drehen.«

»Dieser Uwe Nudel hat doch von Polizeikommissarin Henze wegen Mockenhaupt den Laufpass bekommen«, warf Pfeiffer ein. »Da hätten wir das schöne Motiv der Eifersucht.«

»Wir sollten herausfinden, wie die Beziehungen der Polizisten untereinander sind«, meinte Holzbaum.

»Ja, das denke ich auch«, brummte Tristan. »Es wird Zeit, dass wir uns an die Arbeit machen.«

8

Die Wanderer waren an diesem Donnerstag die einzigen Gäste, und so veranlasste Otterbach, dass für das Abendessen eine große, lange Tafel hergerichtet wurde. Statt der vielen kleinen Vierergruppen rückten die Hausangestellten Stühle und Tische zusammen, bis sie genügend Platz geschaffen hatten, um die 14-köpfige Mannschaft unterzubringen.

Nach und nach trudelten die Wanderer im Speisesaal des Hotels ein. Sie hatten geduscht und hier und da ein Nickerchen gehalten. Auch Tristan hatte noch eine halbe Stunde ruhen können, nachdem die Kriminalkommissare sein Zimmer verlassen hatten. Sie waren übereingekommen, Staatsanwalt Büdenbender nichts vom Anruf des Pathologen zu sagen, sofern er nicht ausdrücklich danach fragte. Sollten sich andere Gruppenmitglieder erkundigen, dann war mit äußerster Vorsicht vorzugehen. Eine Abmachung, die Pfeiffer Magenschmerzen bereitete, mit der er aber letztendlich leben musste.

»Sie sehen ausgezeichnet aus, Madame«, lobte Otterbach galant Chantal, die zusammen mit Büdenbender als Letzte an der Tafel Platz nahmen.

»Meinst du, die haben …?« fragte Nadine unverblümt ihren Tischnachbarn Paul.

»Das ist mir eigentlich so richtig egal«, antwortete Paul und machte seiner Kollegin deutlich, dass sie diese Art von Gespräch doch bitte unterlassen sollte.

»Ich denke, ja«, setzte sie unbekümmert fort.

»Bitte!« schnaufte Paul, und auch Waltraut, die ihr gegenüber saß, mahnte, das Thema zu wechseln.

Tristan grinste. Er saß Paul gegenüber. Marlowe wippte derweil auf seiner Stuhllehne hinter Tristan hungrig hin und her.

»Ist Ihr Kakadu krank?« fragte der Polizeihauptmeister, um Nadine an weiteren Kommentaren zu hindern. »Er wippt so komisch hin und her.«

»Oh nein, er hat Hunger«, erklärte Tristan. »Wobei das nicht ganz korrekt ist. Ich habe ihn eben noch gefüttert, aber jetzt freut er sich auf Naschereien.«

»Das muss anstrengend sein«, meinte Waltraut. »Ich meine, diesen Vogel zu halten.«

»Eigentlich ist Marlowe sehr pflegeleicht, wenn man ihn gewähren lässt«, antwortete Tristan lächelnd. »Allerdings sollte man Papier, Gegenstände mit Riemchen und Bändern im Auge behalten, denn die werden von ihm gerne angeknabbert.«

»Was ist mit der Hygiene?« fragte Paul.

»Wenn er draußen ist, kein Problem. Im Haus kann es schon mal vorkommen, dass man ihm nachwischen muss.«

»Kein Haustier für mich«, meinte Nadine entschieden.

»Das glaube ich gerne«, grinste Paul, »du räumst ja deine Wohnung nicht mal auf.«

»Woher kennt er deine Wohnung?« fragte Waltraut überrascht, doch Nadine überhörte die Frage.

Nudel und Gerd, die das Gespräch verfolgten, grinsten hämisch.

»Wissen Sie, Herr Irle«, verteidigte sich Nadine, »ich gehöre nicht zu denen, die alles klinisch rein haben müssen. Außerdem gehört ein gewisses äußeres Chaos zu mir wie meine innere Aufgeräumtheit.«

»Wer das glaubt, wird selig«, spottete Gerd.

»Hören Sie nicht auf die«, lächelte Nadine tapfer, »die wären froh, wenn Sie meine Wohnung mal betreten dürften.«

»Dann dürften Ihnen Hotelzimmer etwas zuwider sein«, antwortete Tristan, »die sind in den meisten Fällen ja aufgeräumt.«

»Die gehören ja nicht mir«, antwortete Nadine spitz.

»Außerdem schafft sie es«, mischte sich Waltraut ein, »das Zimmer binnen kurzer Zeit chaotisch aussehen zu lassen.«

»Danke!« zischte Nadine.

»Sie teilen sich ein Zimmer?« fragte Tristan.

»Ja«, nickte Waltraut.

»Mit wem teilen Sie sich das Zimmer?« fragte er Paul.

»Mit meinem Kollegen Gerd Schlotter.« Paul zeigte auf Gerd, der freundlich seine Hand hob.

»Ich schlafe mit Mike«, sagte Uwe Nudel unaufgefordert und erntete einige „Ohs“ und „Ahs“. »So habe ich das gar nicht gemeint.«

»Wollen wir hoffen«, mahnte Nadine leise, »das wäre ja eine Verschwendung.«

»So wie Sie miteinander umgehen«, sagte Tristan laut, »da kennen Sie sich sicher schon lange.«

»Sie meinen, weil wir uns so liebevoll necken?« Paul sah in die Runde.

»Unter anderem«, nickte Tristan.

»Wir arbeiten zusammen«, erklärte Paul, »da muss man sich auf den anderen verlassen können. Aber Sie haben Recht. Die Polizeikommissarinnen haben sich allerdings in unsere Männergruppe eingeschlichen.«

»Ohne uns seid ihr doch hoffnungslos aufgeschmissen«, rief Waltraut.

»Sie meinen«, hakte Tristan nach, »weil Sie die bessere Ausbildung absolviert haben?«

»Was heißt bessere Ausbildung«, warf Gerd beleidigt ein. »Ein Studium besagt noch lange nichts.«

»Wir haben silberne Sterne«, grinste Nadine zufrieden.

»Die ersetzen aber keine ausreichende Berufserfahrung«, konterte Gerd.

»Außerdem«, sagte Nudel, »bedeutet ein Studium nur, dass man etwas weiß, aber noch lange nicht, dass man auch etwas kann.«

Tristan spürte, wie die ausgelassene Stimmung

abzukühlen drohte. In dem Moment servierten die Kellner das Abendessen.

9

Der Abend gestaltete sich überraschend ausgelassen. Ranger Mike sorgte dafür, dass die Runde zusammenblieb, indem er sich auf charmante Weise für die Unterrichtsstunden des Tages entschuldigte. Die Entschuldigung wurde wohlwollend angenommen. Da ihm dies aber nicht als Reue genügte, bot er sich an, Begriffe als Pantomime zu spielen. Die Wandergesellen sollten jeder einen Begriff auf einen Zettel schreiben, der ihm dann gereicht wurde. Nach und nach versuchte er, die Begriffe pantomimisch darzustellen, und war sich dabei für keine noch so peinliche Geste, Körperstellung oder Grimasse zu schade.

Die Beamten beteiligten sich mit Freude beim Raten, und so wurde es trotz des anstrengenden Tages spät, als die Gruppe den Speisesaal verließ.

»Wer geht noch eine Runde mit mir schwimmen?« fragte Nadine, die im Gegensatz zu Waltraut noch gar nicht müde wirkte.

»Nein, danke«, sagte Pfeiffer, »ich muss auf meinen Schönheitsschlaf achten.«

»Und Sie, Holzbaum?« fragte Nadine keck den Kommissar. »Wie wär's mit uns beiden?«

»Lieber nicht«, wehrte Holzbaum verschmitzt ab, »aber für einen romantischen Spaziergang zu zweit ...«

»Oh nein«, winkte Nadine kopfschüttelnd ab und fügte mädchenhaft hinzu: »Mama hat mich vor solchen Spaziergängen gewarnt.«

Die anderen lachten, und obwohl Nadine ihren ganzen Charme ausbreitete, wollte keiner aus der Gruppe mehr so spät ins Schwimmbad mitkommen.

Auf ihrem Zimmer fragte Waltraut, die sich müde aus ihren Kleidern schälte: »Willst du wirklich noch eine Runde schwimmen?«

»Ja«, nickte Nadine. »Es ist erfrischend und müde bin ich eigentlich noch nicht.«

»Wie du meinst«, sagte Waltraut, »mach aber leise, wenn du kommst, dann werde ich nämlich bestimmt schon im Land der Träume weilen.«

»Keine Sorge«, antwortete die Freundin.

Nadine hatte dummerweise keine Badeklamotten eingesteckt, kurzerhand entschied sie, in Unterwäsche schwimmen zu gehen. Zum Glück gehörte sie nicht zu den Tussis, die irgendwelche Stofffetzen mit Bändchen als Unterwäsche trugen. Sie hatte sich für die Wanderung die sportlich-eleganten Kombinationen eingepackt. Allerdings war sie sich nicht ganz sicher, inwieweit der Stoff bei Nässe auseinander ging. Das musste sie ausprobieren.

Um nicht halbnackt durch das Haus laufen zu müssen, wickelte sie sich in ein großes Badetuch ein, das sie im Badezimmer vorfand. Da sie aus Platzgründen keine Haussandaletten eingesteckt hatte, zog sie ihre Wanderschuhe über.

Als sie das Zimmer in diesem Aufzug verließ, blickte ihr Waltraut amüsiert grinsend nach.

Das große Haus wirkte wie ausgestorben, als sie sich durch das Treppenhaus in Richtung Schwimmbad bewegte. Die Schnürsenkel ihrer offenen Wanderschuhe schleiften über den Boden, als zöge jemand einen Besen durch den Flur. Ein unheimliches Geräusch, wenn man durch halbdunkle Gänge spazierte. Schließlich fand sie den Eingang zum Schwimmbad.

»Hoffentlich ist nicht abgeschlossen«, murmelte sie und öffnete die Tür.

Eine einzige kleine Notleuchte in der Mitte des Bads brannte. Sie tastete vorsichtig die Wand neben der Tür ab und fand eine Reihe von Lichtschaltern, die sie drückte.

Dann traf sie etwas am Kopf und es wurde plötzlich dunkel.

10

Als sie wieder zu sich kam, spürte sie fremde Lippen auf den ihren. Instinktiv wehrte sie sich mit den Armen und hörte jemanden sagen: »Gott sei Dank, Sie leben.«

Benommen öffnete sie die Augen und sah in Tristans Gesicht.

»Was ist passiert?« fragte sie leise und stellte fest, dass ihr BH fehlte.

Tristan reichte ihr das Badetuch. Erst jetzt bemerkte sie, dass der Detektiv völlig durchnässt war.

»Sie lagen mit dem Kopf nach unten ohnmächtig im Wasser«, antwortete Tristan, während er sich seiner nassen Strickjacke entledigte. »Ich habe Sie herausgezogen. Zum Glück noch rechtzeitig.«

Sie griff sich an den Kopf.

»Irgendetwas hat mich am Kopf getroffen«, stöhnte sie.

Tristan nickte. »Man wollte Sie umbringen.«

Ungläubig rappelte sich die Polizeikommissarin auf. Ihr Kopf tat weh und ihre Beine begannen zu zittern.

»Bleiben Sie noch eine Weile sitzen«, mahnte der Detektiv.

»Wer tut so etwas?« fragte sie ungläubig.

»Ich vermute, derselbe, der auch Ihren Kollegen Mockenhaupt auf dem Gewissen hat«, antwortete Tristan.

»Er wurde ermordet?« Nadine schüttelte den Kopf und bereute diese Bewegung sogleich.

»Ja, so wie es aussieht, sollten Sie die Nächste sein«, sagte Tristan und entledigte sich seiner Schuhe.

»Wir müssen die anderen wecken«, meinte Nadine.

»Vielleicht sollten wir das hier«, der Detektiv sah sie eindringlich an, »für uns behalten.«

»Das ist nicht Ihr Ernst«, stieß sie aus.

»Doch«, nickte der Detektiv und erklärte ihr, dass es sonst unmöglich würde, den Täter jemals zu finden, geschweige denn zu überführen. »Pfeiffer und Holzbaum sind eingeweiht. Der Staatsanwalt allerdings nicht, und das sollte vorerst auch so bleiben.«

Nadine verstand sofort, was ihr der Detektiv klarmachen wollte.

»Er wird es wieder versuchen«, sagte sie ängstlich. »Ich meine, mich zu töten.«

»Zuerst einmal wird er oder sie unter Druck geraten, weil Sie noch leben«, meinte Tristan leise. »Ein zweiter Versuch könnte die Person überführen.«

»Ich werde also zum Köder«, zischte sie wütend und sah sich nach ihrem BH um, der eine Armlänge von ihr entfernt auf den nassen Fliesen lag und von Marlowe inspiziert wurde.

»Pfeiffer, Holzbaum und ich passen auf«, antwortete Tristan entschlossen.

Unterdessen schnappte Marlowe mit dem Schnabel den BH und watschelte auf Nadine zu.

»Danke«, sagte sie, als Marlowe den BH vor ihr fallen ließ.

Der Kakadu sträubte seinen Kamm und quasselte: »Er denkt mit himmlischem Vergnügen: / Wenn ick man woll, ick könn di kriegen!«

Der Polizeikommissarin entlockte er so ein Lächeln und vertrieb damit für einen Moment den Schrecken der vergangenen Minuten.

»Der BH hat sich gelöst, als ich Sie herausfischte«, erklärte Tristan etwas verlegen.

Sie zog ihn über und stellte fest, dass der Stoff sich geweitet hatte.

»Na klasse«, schnaufte sie und blickte zu Marlowe. »Wenn er auch aufpasst«, sie kraulte ihm die Brust, »dann mach ich es!«

4. Die Abmachung galt ...

Freitag, Wilgersdorf – Heiligenborn

Die Abmachung galt. Tristan und Nadine hatten sich entschlossen, außer gegenüber den beiden Kriminalkommissaren kein Wort über den nächtlichen Angriff zu verlieren.

Am Freitagmorgen waren Pfeiffer und Holzbaum die Ersten beim Frühstück. Wenige Minuten später traf Tristan mit Marlowe auf der Schulter ein. Er setzte sich zu den Kommissaren.

»Guten Morgen, die Herren«, grüßte er freundlich und begann, sich Kaffee einzuschenken.

Schweigend frühstückten sie zusammen. Als Tristan sah, dass Pfeiffer am Morgen nicht viel zu sich nahm, wollte er die beiden Beamten gerade über die nächtlichen Ereignisse informieren, als der Landrat zusammen mit Daniela eintraf. Er verschob es, und als Pfeiffer aufstand, um draußen eine Zigarette zu rauchen, wartete der Detektiv nicht lange und folgte dem Hauptkommissar nach draußen in den Biergarten. Holzbaum und Marlowe genossen weiterhin das ausgiebige Frühstück und ließen sich nicht drängeln.

Der Morgennebel lag wie ein feines Tuch über Wilgersdorf. Eine leichte Brise wehte von Westen und trieb das Nebeltuch nach Osten. Es war kühl, doch der blaue Himmel versprach einen sonnigen zweiten Wandertag. Tristan fröstelte leicht, als er sich neben Pfeiffer einen Stuhl nahm.

»Heute ohne Strickjacke?« fragte der Hauptkommissar überrascht und zündete sich eine Zigarette an.

»Die ist gestern Nacht etwas nass geworden«, antwortete Tristan, der langsam seine Pfeifentasche öffnete. Er nahm eine Pfeife heraus und begann sie zu stopfen.

»Sie werden nicht genügend Zeit haben«, meinte Pfeiffer ironisch, »das Ding zu Ende zu rauchen. Es geht in einer halben Stunde weiter.«

»Keine Sorge«, lächelte der Detektiv, »dieses Ding hat die Eigenschaft, auch während des Wanderns zu funktionieren.«

»Der Wind wird Ihnen die Asche ins Gesicht blasen«, merkte Pfeiffer an.

»Nicht, wenn ich dieses kleine Teil benutze.« Tristan fischte eine kleine Metallscheibe aus seiner Pfeifentasche und klemmte sie in die Öffnung des Pfeifenkopfes. »So kann weder die Glut noch die Asche herausgeblasen werden.«

»Es gibt sogar Pfeifendeckel«, staunte der Kommissar.

Tristan reichte ihm die kleine Metallscheibe und zündete die Pfeife an. Pfeiffer untersuchte den Deckel und gab ihn dann zurück.

»Warum ist Ihre Strickjacke nass?« fragte er schließlich, nachdem aus Tristans Pfeife blaue Rauchkringel aufstiegen.

»Ich war unfreiwillig schwimmen«, erklärte der Detektiv, während er genüsslich an seiner Pfeife zog, »und jetzt hängt sie zusammen mit meiner Kniebundhose vor einem Lüfter. Ich hoffe, die beiden Teile werden noch rechtzeitig trocken.«

»Nun erzählen Sie doch endlich«, maulte Pfeiffer ungeduldig, »was passiert ist.«

Tristan kam der Aufforderung nach.

»Was für eine Scheiße«, knurrte er, als Tristan seinen Bericht beendete. »Nur gut, dass Sie rechtzeitig da waren.«

»Ja«, nickte der Detektiv. »Eigentlich wollte ich nur die Gelegenheit nutzen, unter vier Augen mit der Polizeikommissarin zu reden. Leider habe ich nichts von dem Täter gesehen.«

»Spuren?« hakte Pfeiffer nach.

»Keine«, antwortete Tristan.

»Womit könnte er zugeschlagen haben?« Pfeiffer drückte seine Zigarette in einem Aschenbecher aus.

»Mit allem, was hart und rund gewesen ist«, antwortete der Detektiv.

»Rund?« Pfeiffer musterte ihn durch seine Nickelbrille.

»Ja, wäre der Gegenstand scharfkantig oder spitz gewesen, dann wäre Nadines Kopfhaut verletzt worden«, erklärte er. »Zum Glück war dies nicht der Fall.«

»Eine Flasche«, brummte Pfeiffer. »Er hat sicherlich eine Flasche benutzt.«

»Das würde bedeuten, dass unser Mörder nicht dumm ist«, antwortete Tristan nachdenklich. »Gemeinhin gehen die Leute davon aus, dass eine Flasche zerplatzt, wenn man sie auf den Kopf geschlagen bekommt.«

»Ja«, nickte der Kommissar und grinste grimmig, »dabei ist das nur im Film so, weil die dort aus Zucker sind.«

»Eigentlich kein Wunder«, meinte Tristan. »Wir haben einen ganzen Haufen von Experten da drin sitzen.«

»Das macht die Aufklärung nicht eben leichter«, schnaufte Pfeiffer und fragte dann nachdenklich: »Nadine hält dicht?«

»Ich denke ja«, nickte Tristan. »Sie wird uns helfen.«

»Warum sie?«

»Das werden wir heute herausbekommen«, sagte Tristan entschlossen.

»Wir sollten sie im Auge behalten.« Pfeiffer wurde ernst. »Ihr darf nichts zustoßen.«

»Sie bekommt ihren eigenen Bodyguard«, grinste Tristan.

»So?« Pfeiffer zog die Augenbrauen zusammen. »Doch nicht etwa Ihren gefiederten Freund?«

»Oh ja«, nickte der Detektiv. »Keiner, der sich ihr auf unschickliche Weise nähert, wird das unbemerkt machen können.«

»Ich weiß nicht«, überlegte Pfeiffer und lächelte schadenfroh, »ob ihr das gefallen wird.«

2

»Danke, dass du gestern Abend so leise warst«, sagte Waltraut. Sie zog aus Gewohnheit die Bettdecke gerade, sah nochmals im Nachtschränkchen nach, ob sie nichts liegen gelassen hatte und griff sich dann ihren Rucksack.

»Nichts zu danken«, antwortete Nadine, die ebenfalls einen letzten prüfenden Blick ins Zimmer warf.

»Wie war eigentlich das Bad?« fragte Waltraut, als sie das Zimmer verließen.

»Aufregend«, grinste Nadine mühsam und packte sich vorsichtig an den Kopf.

»Na, dann wollen wir mal los«, meinte ihre Freundin und beobachtete Nadine, wie sie ihren Rucksack schulterte.

Vor dem Gästehaus sammelte sich langsam die Wandergruppe um Landrat Otterbach. Der Politiker strahlte eine tiefe Gelassenheit aus, die sich im Laufe seines langen politischen Lebens in seinem Gemüt gesammelt hatte. Er genoss sichtlich die Gegenwart der jungen Polizistinnen, die sich zu ihm gesellten, und versuchte die älteren Wandergesellen als notwendiges Übel zu tolerieren.

Staatsanwalt Büdenbender und Ranger Mike standen etwas abseits und besprachen den heutigen Wanderweg. Chantal, Paul und Gerd machten sich über Nudel lustig, der in Eile seinen Pullover verkehrt herum übergestreift hatte. Die ganze Gruppe wartete jetzt auf die beiden Kriminalkommissare und auf Tristan Irle.

Als die drei endlich auf dem Hof erschienen, klopfte Büdenbender schweigend auf seine Armbanduhr.

Pfeiffer ignorierte diese Geste und rief: »Na, dann los!«

Er setzte sich mit Irle und Holzbaum an die Spitze der Gruppe. Die anderen folgten ihnen gemächlich.

»Dass Pfeiffer immer so eine große Klappe hat«, flüsterte Gerd und schüttelte den Kopf.

Paul nickte und meinte: »Ihm ist vielleicht der Erfolg in den Kopf gestiegen. Bisher hat er jeden seiner Fälle gelöst.«

»Irgendwann ist immer das erste Mal«, grinste Gerd höhnisch.

»Da werden wir aber nicht dabei sein«, antwortete Nudel, der mittlerweile seinen Pullover richtig herum trug.

»Wer weiß?« sagte Gerd und sah die beiden Kollegen vielsagend an. »Oder habt ihr bereits den so genannten *Unfall* vergessen?«

»Glaubst du nicht an einen Unfall?« hakte Paul nach.

»Keine Ahnung«, antwortete Gerd, »dennoch stimmt hier etwas nicht.«

Die Gruppe zog sich auf den schmalen Gehsteigen des Dorfes in die Länge. Die drei Polizeihauptmeister bildeten den Schluss.

»Was meinst du, Gerd?« Nudel sah seinen Kollegen ernst an.

»Na, als Erstes das Auftauchen des Privatdetektivs. Habt ihr euch deswegen keine Fragen gestellt?«

»Nein, wieso?« staunte Paul, es wirkte irgendwie gespielt. »Er nimmt eine Auszeit wie wir.«

»Ich habe gestern Abend in der Wache angerufen«, berichtete Gerd leise. »Wollte wissen, ob man schon etwas von der Obduktion an Mockenhaupt gehört hat.«

»Und, was sagten die in Siegen?« Nudel wurde neugierig.

»Das war ja das Komische«, erzählte Gerd weiter, »die waren weder informiert noch hatte jemand etwas gehört.«

»Gerd, das ist die Wache«, erklärte Paul besserwisserisch. »Seit wann werden die Streifenpolizisten informiert?«

»Mir brauchst du keinen Unterricht zu erteilen, Paul«, antwortete Gerd giftig, »ich bin nicht erst seit gestern dabei. Dennoch ist es komisch, dass niemand etwas läuten hörte, schließlich handelt es sich um einen Kollegen, da ist jeder hinter Informationen her.«

»Vielleicht halten sie eine Nachrichtensperre ein«, meinte Nudel.

»Das wäre das erste Mal, dass so etwas gelingen würde«, zischte Gerd. »Nein, ich spüre, hier stimmt etwas nicht.«

»Dann sollten wir die Augen offen halten«, meinte Paul, »schließlich sind wir Polizisten, und verarschen lassen wir uns nicht.«

»Genau!« stieß Nudel aus, obwohl er Gerds Befürchtungen nicht teilte.

Weiter vorne hatten Büdenbender und Mike die Führung übernommen. Sie verließen das Dorf auf demselben Weg, wie sie es betreten hatten. Tristan mit Marlowe auf der Schulter ging einige hundert Meter allein. Nadine bemerkte dies und löste sich ebenfalls aus der Gruppe, die sie umgab. Nach weiteren hundert Metern gesellte sie sich neben Tristan.

»Ist die Hose wieder trocken?« fragte die Polizeikommissarin leise.

»Zum Glück«, nickte Tristan, der einen prüfenden Blick nach hinten warf, »die Ersatzhose hätte mich umgebracht.« Er deutete auf den immer noch offenen Hosenbundknopf. »Die andere war noch enger.«

Nadine lachte.

»Was macht Ihr Kopf?« wollte Tristan wissen.

»Die Beule tut weh, aber ansonsten fühle ich mich gut«, antwortete sie.

»Kein Schwindel oder Gleichgewichtsstörungen?« fragte er besorgt.

»Nein, eine Gehirnerschütterung ist mir wohl erspart geblieben«, stöhnte sie. »Meine Haare werde ich aber wohl eine Zeit lang offen tragen müssen. Ein Pferdeschwanz spannt zu sehr.«

»Hab Sie noch nicht mit einem gesehen«, scherzte Tristan.

»Im Dienst ist das sehr praktisch«, erwiderte sie.

Marlowe gefielen die schulterlangen Haare der Polizistin. Er beobachtete sie schon eine ganze Weile.

»Haben Sie eine Ahnung, warum Sie angegriffen wurden?« fragte der Detektiv.

»Ich habe mir schon den Kopf darüber zerbrochen«, antwortete sie, »bin aber zu keinem Ergebnis gekommen.«

»Es muss etwas sein, was Sie und Mockenhaupt gemeinsam hatten«, sagte Tristan nachdenklich.

»Da ist nichts«, sagte sie entschieden. »Wir waren Kollegen, mehr nicht.«

»Verzeihen Sie die indiskrete Frage, aber hatten Sie mal etwas mit Mockenhaupt?« Tristan sprach freundlich und leise.

»Das ist schon ewig her«, antwortete sie ein wenig verlegen, »aber mit Liebe hatte das nichts zu tun. Es war einfach nur Sex.«

»Andere machen da nicht so einen Unterschied«, meinte Tristan trocken.

»Ich weiß«, nickte Nadine und wurde energischer. »Wenn Männer sich so verhalten, dann werden sie als Frauenhelden bezeichnet, wenn wir Frauen uns Männer nehmen, dann sind wir gleich Schlampen.«

»Mit der Gleichberechtigung ist das so eine Sache«, antwortete Tristan versöhnlich. »Für mich sind Sie jedenfalls keine, wie Sie sagten, Schlampe.«

Marlowe sah das genauso, sofern ein Kakadu so etwas beurteilen kann. Das wippende Haar der Polizistin hatte es ihm jedenfalls angetan, und so flatterte er plötzlich los, flog einen Halbkreis und peilte Nadines Schulter an.

»Sie sollten schnell den Arm nach vorne strecken«, befahl Tristan laut, der das Manöver seines Haustieres erraten hatte.

Nadine gehorchte und kreischte erschrocken auf, als Marlowe sich auf ihren Arm niederließ.

»Oh, ist der schwer«, stieß sie entzückt aus. »Was macht er denn jetzt?«

Marlowe kletterte langsam den Arm herauf und setzte sich auf ihre rechte Schulter.

»Ganz ruhig weitergehen«, mahnte Tristan. »Er wird Ihnen nichts tun.«

Die anderen beobachteten das Spektakel mit einigen Kommentaren. Unterdessen reckte Nadine instinktiv ihren Kopf von Marlowe weg, zudem hob sie ihre linke Schulter, um der ungewohnten Last entgegenzuwirken.

»Halten Sie Ihre Schultern waagerecht und Ihren Kopf gerade«, riet ihr Tristan.

Nadine folgte dem Rat und entspannte sich.

»Ein komisches Gefühl«, strahlte sie. »Und er hackt mir auch kein Auge aus?«

»Kraulen Sie ihm die Brust«, grinste Tristan, »dann werden Sie ihn nicht mehr los.«

3

Pfeiffer schüttelte den Kopf, als er Nadine mit Marlowe auf der Schulter marschieren sah.

»Hätte nicht gedacht«, sagte er zu Holzbaum, der nachdenklich neben seinem Chef trottete, »dass Irle seinen Vogel so im Griff hat.«

Der Hauptkommissar stach abwechselnd seine beiden Stöcke in den Waldboden, wirkte aber nicht glücklich. Das Nordic Walking, so musste er feststellen, war überhaupt nicht erholsam. Pfeiffer ahnte, weshalb der Erholungseffekt ausblieb. Die Gruppe bewegte sich mal schnell, mal langsam, und immer, wenn er sich gerade auf ein Tempo eingeschossen hatte, änderte es sich. Von einem gleich bleibenden Rhythmus war er so weit entfernt wie vom Jupiter. Die Stöcke blieben momentan nichts weiter als Ballast.

»Wenn wir nicht bald das Tempo erhöhen, werde ich noch wahnsinnig«, knurrte er.

»Ich finde, wir gehen schnell«, antwortete Holzbaum, dem seit einigen Kilometern ein unangenehmes Brennen an der rechten Ferse Sorgen bereitete.

»Dieses Schneckentempo nennst du schnell!« stieß Pfeiffer aus. »Da würde sich meine Oma im Sarg noch schneller bewegen.«

»Ehre die Toten«, mahnte Holzbaum und blieb stehen.

»Was ist?« Pfeiffer sah ihn fragend an.

»Ich glaube, ich habe mir eine Blase gelaufen«, stöhnte der Kommissar und humpelte an den Wegrand, wo er sich an einer leichten Böschung niederließ.

»Was haben Sie?« fragte Chantal besorgt und eilte zu dem Kommissar.

»Ich glaube eine Blase«, wiederholte Holzbaum, während er den rechten Schuh auszog.

»Bioalarm!« rief Paul amüsiert, doch die anderen fanden diesen Witz nicht lustig.

Sie wussten, dass ihnen dasselbe zustoßen konnte, und mit einer aufgeplatzten Blase war nicht zu spaßen.

»Lassen Sie mich mal sehen«, befahl Chantal und nahm einen Verbandskasten aus ihrem Rucksack.

Holzbaum war die Angelegenheit furchtbar peinlich. Durch sein Übergewicht neigte sein Körper verstärkt zum Schwitzen. Leider bildeten seine Füße da keine Ausnahme. Sie waren jetzt gut zwei Stunden unterwegs, was nach der Erfahrung des letzten Tages bedeutete, dass die Socken sozusagen mit Flüssigkeit gesättigt waren. Kein schöner Anblick. Chantal interessierte das nicht weiter, wofür Holzbaum dankbar war.

Die anderen wollten sich die Behandlung nicht ansehen und wandten sich Nadine zu, die immer noch Marlowe auf den Schultern trug.

Chantal sah sich die aufgeplatzte Blase an und reinigte sie mit einigen Tüchern aus dem Verbandskasten.

»Sie tragen neue Socken?« fragte sie.

»Ja«, nickte der Kommissar.

»Ich meine nicht frische Socken«, ergänzte sie und nahm ein kleines Fläschchen aus dem Kasten.

»Ich hab Sie verstanden«, sagte Holzbaum. »Die wurden noch nicht gewaschen.«

»Hätten Sie aber machen sollen«, lächelte Chantal. »Das könnte jetzt etwas brennen.«

Sie tupfte Jod auf die Wunde und klebte anschließend ein gepolstertes Pflaster auf die Ferse.

»So, damit dürften Sie bis zum Abend versorgt sein.« Sie stand auf. »Heute Abend sehe ich mir das nochmals an.«

Holzbaum nickte und legte seinen Rucksack ab.

»Haben Sie frische Socken dabei?« fragte Chantal besorgt.

»Genügend«, lächelte Holzbaum verlegen. »Ich wasche die gebrauchten jeden Abend.«

»Machen Sie das auch mit den ganz neuen«, empfahl die Ärztin, »dann dürfte das die letzte Blase auf unserm Trip für Sie gewesen sein.«

»Und« fragte Pfeiffer, der sich für Nadine und Marlowe so gut wie gar nicht interessierte, »wird's weitergehen?«

»Ja, denke schon«, antwortete Holzbaum, während er vorsichtig die frische Socke über das Pflaster streifte.

»Mach dir aus den dummen Kommentaren nichts.« Pfeiffer setzte sich neben seinen Partner und rupfte einen Grashalm aus. »Nicht jeder ist von der Natur mit einem schmalen Körper gesegnet.«

»Danke, Chef«, keuchte der Kommissar, als er den linken Schuh auszog. »Aber ich komme klar.«

»Gut«, nickte Pfeiffer, »ich hab nämlich keine Lust, ohne meinen Partner in dieser Wandergruppe auch nur eine Nacht zu verbringen.«

»Du meinst, der Mörder schlägt wieder zu?« Holzbaum wechselte die linke Socke.

»Da würde ich meine Stöcke drauf wetten«, zischte der Hauptkommissar. »Die Frage ist nur, wen es als Nächsten treffen wird.«

»Wir werden vorsichtig sein«, meinte Holzbaum und zog langsam seine Schuhe wieder an.

4

»Tun die Krallen auf deiner Schulter nicht weh?« fragte Waltraut und kam Marlowe gefährlich nah.

Der spreizte seinen Kamm, was Tristan veranlasste, die Polizistin zu warnen.

»Er passt auf mich auf«, grinste Nadine stolz.

»Eine Kugel fängt er aber nicht auf«, sagte Gerd abfällig.

»Sind Sie sich da sicher?« lächelte Tristan und musterte den Polizeihauptmeister über den Rand seiner Brille hinweg.

»Er ist ja nicht Superman«, höhnte Gerd.

»Sagen Sie das nicht mir«, antwortete Tristan viel sagend, »sagen Sie das ihm.«

Marlowe spreizte erneut seinen Kamm und krächzte: »Ob ein Minus oder Plus / Uns verblieben, zeigt der Schluss.«

Die Umherstehenden klatschten und Gerd zog mit grimmigem Gesicht davon.

Büdenbender gefiel die Verzögerung gar nicht. Als Holzbaum wieder auf den Beinen stand, trieb er die Gruppe an, nicht zu trödeln.

»Wir liegen wieder zurück«, beschwerte er sich bei Otterbach, der sich auffällig unauffällig verhielt.

»Jetzt entspannen Sie sich mal«, grinste der Landrat. »Das Wetter ist ausgezeichnet, wir sind gesund.« Er hielt inne und blickte zu Holzbaum. »Nun, nicht alle und auch nur die, die noch leben, aber abgesehen davon sollten Sie anfangen, diesen Ausflug zu genießen.«

»Das sagen Sie so leicht«, erwiderte der Staatsanwalt. »Dieser Haufen ist schlimmer als eine Kindergartenhorde.«

»Oh, seien Sie vorsichtig mit Ihren Vergleichen«, bremste der Landrat, »haben Sie schon mal einen Vormittag mit einer Horde Kindergartenkinder verbracht? Ich sage Ihnen, in diesem Alter sind das die geborenen Killer. Süß und unschuldig anzusehen, aber wehe, Sie geben denen einen Malstift in die Hand, dann gute Nacht, weißes Hemd, Boss-Anzug und Redemanuskript«. Ein lautes Schnaufen entwich dem hoch gewachsenen Mann. »Ich weiß, wovon ich rede.«

»Wie Sie meinen«, nickte Büdenbender, »das Mittagessen wird dann wohl noch auf uns warten müssen.«

Auf das Wort „Mittagessen" reagierte als einziger Holzbaum.

»Was ist mit dem Mittagessen?« fragte er besorgt.

»Es wird kalt auf uns warten müssen«, maulte Büdenbender, »weil wir so langsam sind.«

»Das liegt doch nicht ausschließlich an mir?« fragte Holzbaum.

Büdenbender hätte diese Frage gerne mit „Ja, doch" beantwortet, aber es lag nicht allein an der Verzögerung durch Holzbaum. Die Männer und Frauen flanierten durch den Wald, statt dass sie einen forschen Wandergang einlegten. Und nach einigen Kilometern über einen der schönsten Höhenwege des Rothaarsteigs begannen sie wieder zu flanieren. Das erste sichtbare Anzeichen dieses Vorganges war das Auseinanderziehen der Gruppe. Es bildeten sich kleine Gesprächskreise mit zwei bis vier Personen, und dann dauerte es nicht lange, bis am Ende nicht mal mehr flaniert wurde, das konnte Büdenbender dann nur noch als Dahintrotten bezeichnen.

Für Tristan war dieser Zustand ideal, sich mit den Polizistinnen und Polizisten zu unterhalten. Befreit von der Last Marlowes ging er neben Waltraut her, die interessanterweise zwei Rucksäcke trug.

Waltraut klärte ihn über diesen Umstand auf und betonte: »Wir halten unser Wort, darauf basiert ein Vertrauensverhältnis, das uns im Dienst eine hohe Überlebensgarantie gibt. Wissen Sie – ich muss mich auf meinen Partner verlassen können. Wenn man bei jemandem zweifeln muss, ob er sein Wort hält, dann will man ihn sicher nicht in einer brenzligen Situation an seiner Seite haben.«

»Das verstehe ich.« Tristan staunte über Waltrauts Kondition. »Wird das nicht zu schwer?«

»Gleich übernimmt Gerd«, lächelte die Beamtin. »Sie haben ihn ja kennen gelernt.«

»Ist er immer so drauf?« Tristan blinzelte über den Rand seiner Brille.

»Er war mal anders«, erzählte Waltraut, »aber das ist schon eine Weile her.«

»Was ist passiert?« wollte Tristan wissen, fügte aber schnell hinterher. »Wenn es für die Ohren eines braven Steuerzahlers erlaubt ist.«

»Schon gut«, grinste Waltraut verschwörerisch, »wir kennen alle Ihren Job, Herr Irle. Die Lust, Fragen zu stellen, dürfte sich in Ihrer DNS bereits eingebrannt haben.«

»Fällt das auf?« Tristan zog seine Augenbrauen zusammen. »Das wäre mir aber gar nicht recht.«

»Einige von uns fragen sich, ob Ihr Erscheinen mit dem Tod Mockenhaupts zusammenhängt?«

»Ist bei Polizisten diese DNS-Veränderung auch zu beobachten?« konterte er lächelnd.

»Das will ich doch hoffen«, stieß Waltraut aus. »Was wäre das für ein Polizist, der keine Fragen stellen mag!«

»Wahrscheinlich ein Streifenpolizist«, antwortete Tristan.

»Sie sind gut«, lobte sie breit grinsend, »wirklich gut.«

»Was also hat Gerd so verändert?« hakte er ernsthaft nach, ohne Waltrauts Frage zu beantworten.

Sie sah ihn einen Augenblick an, als wäge sie Tristans Vertrauenswürdigkeit ab und nickte schließlich.

»Es war vor einem Jahr«, begann sie, »nach einer Betriebsfeier. Sie müssen wissen, wir feiern gerne und gut. Und unsere Betriebsfeiern unterscheiden sich nicht sehr von anderen Betriebsfeiern. Es kommt vor, dass sich Kolleginnen und Kollegen näherkommen und die gute Stimmung für ein wenig Spaß der besonderen Art nutzen.«

»Der besonderen Art?« wiederholte der Detektiv.

»Na, sie machen herum«, erklärte sie. »So geschehen zwischen Mockenhaupt und Fischbach, ich meine Nadine.«

»Oh!« nickte Tristan.

»Sie haben ja Nadine kennen gelernt. Sie ist kein Kind von Traurigkeit, wenn Sie verstehen, was ich meine«, zwinkert sie.

»Schon klar«, antwortete er.

»Wir sind Freundinnen«, sagte sie vorsichtig, als überlege sie, was als Nächstes folgen sollte. »Was ich damit sagen möchte, ist, dass wir uns in vielem sehr ähnlich sind.«

»Verstehe«, sagte Tristan.

»Ich möchte nicht, dass Sie einen falschen Eindruck von mir haben. Wenn es um diesen gewissen Spaß geht, stehe ich ihr in nichts nach.«

»Sie sind jung und attraktiv«, meinte Tristan. »Es geht mich nichts an, wie Sie Ihr Schlafzimmerleben gestalten.«

»Danke für das Kompliment.«

Tristan spürte, wie Waltraut mehr und mehr Vertrauen zu ihm fasste.

»Jedenfalls sieht Gerd das nicht so tolerant«, fuhr sie fort, »weil er sich in Nadine verliebte. Und was für ihn wohl noch schlimmer war, Mockenhaupt war sein bester Freund und wusste, welche Gefühle Gerd für Nadine hegte.«

»Hat es einen Streit zwischen den beiden gegeben?«

»Das ist ja das Unheimliche, keiner von uns hat das je mitbekommen. Es fiel kein lautes Wort, wenn die beiden zusammentrafen. Allerdings zog sich Gerd aus allen gemeinsamen Aktionen zurück.«

Waltraut blieb stehen und richtete ihre beiden Rucksäcke neu aus. Tristan nutzte die Unterbrechung, um nach Nadine und Marlowe zu sehen, die zusammen mit Daniela und Paul einige Meter hinter ihnen hergingen.

»Aktionen?« fragte Tristan, nachdem sie sich wieder in Bewegung setzten.

»Oh, wir gehen regelmäßig zum Bowling, es gibt eine Tippgemeinschaft, immer die gleichen Zahlen, bei der ich allerdings nicht mittippe. Ich halte nichts davon, dafür treffen wir uns bei mir, wenn ein Fußballspiel der Nationalelf übertragen wird. Ich habe einen riesigen Plasmabildschirm, da stehen die Jungs drauf.« Sie lächelte ihn verlegen an, was sie besonders attraktiv machte.

Tristan hatte das Gefühl, dass Waltraut genau wusste, wie man als Frau mit dem männlichen Geschlecht umzugehen hatte.

»Wer gehört zu diesem Kreis?« fragte er.

»Wir sind oder besser waren zu fünft. Paul, Martin, Gerd, Nadine und ich.«

Tristan wirkte plötzlich sehr nachdenklich. »Mockenhaupt gehörte auch dazu. Nur dass ich das richtig verstehe.«

»Ja«, stutzte Waltraut. »Sie fragen sich, weshalb wir trotzdem wandern und fröhlich sind?«

Tristan antwortete nicht sofort, dann nickte er.

»Für einen Außenstehenden mag das befremdlich wirken«, sagte sie ernst, »aber wir haben uns alle für einen Job entschieden, der uns in Lebensgefahr bringen kann. Wir können im Dienst sterben, das ist uns allen bewusst, obwohl wir es gerne verdrängen. Es gibt genügend Verrückte, und wir bewegen uns unter diesen Verrückten. Deshalb haben wir uns gegenseitig geschworen, sollte es einmal einen von uns treffen, nicht in Trauer zu verfallen. Das heißt nicht, dass wir nicht trauern.«

»Das verstehe ich«, sagte Tristan und blickte sie freundlich an.

»Deshalb hat keiner den Wanderausflug abgebrochen«, sagte sie entschlossen. »Sonst noch Fragen?«

»Im Moment nicht«, lächelte Tristan.

5

Mit gut einer Stunde Verspätung erreichten sie ihren Rastplatz an der *Kaffeebuche*. Dort wartete ein kleiner Geländewagen auf sie. Als Holzbaum die Beschriftung des Wagens las, machte sein Magen einen Freudensprung. Büdenbender hatte einen Partyservice zu der alten Kaffeebuche bestellt, was allen Beteiligten ein breites Grinsen ins Gesicht zauberte. Der Besitzer des Partyservice hatte zwei Klapptische neben seinem Wagen aufgebaut und rührte in einem riesigen Topf, als die Wandergesellen eintrafen.

Der Wald in der Umgebung der Kaffeebuche wurde in früheren Zeiten als Hauberg genutzt. Unter Hauberg verstehen die Siegerländer eine bestimmte Waldbewirtschaftung, deren Wurzeln bis ins Mittelalter zurückreichen. Der Eichen-, Birken- und Niederwald wurde alle 20 Jahre gefällt. Danach ließ man die Baumarten selbstständig aus dem Stock ausschlagen. Im Anschluss an den Haubergsschlag wurde die abgeholzte Fläche eine Zeit lang landwirtschaftlich genutzt. Die Bauern bauten Roggen oder Buchweizen an. Das Getreide wurde ausschließlich mit Sicheln geerntet, um den jungen Stockausschlag nicht zu beschädigen.

Das alles erklärte Ranger Mike, noch bevor sich die Gruppe an der Stelle niederließ, wo man vor einigen Jahren die alte Kaffeebuche wegen eines Pilzbefalles gefällt hatte.

»Leider kann ich euch die mächtige Buche nicht mehr zeigen«, bedauerte Mike, »sie war wirklich imposant.«

»Na ja, schade«, seufzte Holzbaum und schielte zu dem großen Topf, aus dem ein köstlicher Duft jeglichen Gedanken an die alte Kaffeebuche vertrieb.

Den anderen erging es ähnlich. Sie legten ihre Rucksäcke ab und suchten sich einen Platz.

»Tolle Idee, Staatsanwalt«, lobte Pfeiffer, »Sie überraschen einen doch immer wieder.«

»Danke«, antwortete Büdenbender. »Es gibt eine Gulaschsuppe sowie etwas Vegetarisches, dazu Käse und Brot. Bitte, bedienen Sie sich.«

Das ließ sich Holzbaum nicht zweimal sagen. Er stand als Erster vor dem Topf und ließ sich den Teller ordentlich vollmachen.

Nadine trug immer noch Marlowe, der trotz des Essensgeruches keine Anstalten machte, ihre Schulter zu verlassen. Tristan bemerkte, dass

Nadine den Vogel wenigstens beim Essen loswerden mochte.

Er ging zu ihr hin und gab Marlowe einfach einen Schubs.

»So, jetzt sind Sie ihn für eine Weile los«, sagte er anschließend.

»Danke«, erwiderte Nadine und fragte besorgt: »Er nimmt mir das doch nicht übel?«

»Nein«, lächelte Tristan, der immer wider erstaunt feststellte, dass die Menschen annahmen, dass der Kakadu die ganze Breite ihrer Gefühlswelten teilen würde. »Marlowe nimmt nur mir etwas übel. Aber zu lang anhaltendem Groll ist er nicht fähig. Er sollte sich aber ein wenig bewegen, sonst wird er mir noch zu fett.«

Das beruhigte Nadine, und sie gesellte sich zu Waltraut, die bereits einen dampfenden Teller in der Hand hielt. Tristan wartete, bis alle bedient waren, dann ließ auch er sich einen Teller Gulasch geben.

Pfeiffer und Holzbaum saßen etwas abseits, zu ihnen setzte sich der Detektiv.

»Wo ist Ihr weißes Ungeheuer?« fragte Pfeiffer und warf einen prüfenden Blick in die Umgebung.

»Er sitzt da oben auf einem Ast«, der Detektiv deutete auf eine junge Buche.

»Hat er keinen Hunger?« staunte Holzbaum und schlürfte genüsslich seinen Löffel leer.

»Die Suppe mag er nicht«, antwortete Tristan und tauchte seinen Löffel in die Suppe. »Auf den Käse sollten wir allerdings ein Auge haben.«

Sie aßen schweigend ihre Suppe, und zum ersten Mal an diesem Tag konnte Tristan das Zwitschern der Vögel genießen. Nachdem Pfeiffer und Tristan die Teller geleert hatten – Holzbaum holte sich einen Nachschlag –, fragte der Hauptkommissar: »Irgendwelche neuen Informationen?«

Tristan berichtete von der besonderen Beziehung, die Gerd und Nadine verband. Pfeiffer schielte kurz zu Gerd, der sich neben Mike niedergelassen hatte.

»Eifersucht«, stöhnte Pfeiffer, »das wäre ein gutes Motiv.«

»Ja«, nickte Tristan, aber dann sagte er: »Warum sollte er so lange warten und ausgerechnet jetzt während des Wanderausfluges zuschlagen?«

»Vielleicht hat sich eine Gelegenheit ergeben«, meinte Pfeiffer und steckte sich eine Zigarette an.

»Möglich«, Tristan legte seinen Teller beiseite, »wir sollten ihn im Auge behalten. Was haben Sie herausgefunden?«

»Nichts Nennenswertes«, antwortete der Hauptkommissar. »Die verhalten sich wie eine eingeschworene Truppe.«

»Wir müssen am Ball bleiben«, forderte Tristan.

»Uns bleibt nichts anderes übrig«, antwortete Pfeiffer und blies eine Rauchwolke in die Luft.

Büdenbender stand auf und bat um Aufmerksamkeit.

»Jetzt gibt es wieder Nachhilfeunterricht«, stöhnte Pfeiffer.

»Mal hören, was der Staatsanwalt zu sagen hat«, erwiderte Tristan und wandte sich Büdenbender zu.

»Ihr fragt euch vielleicht, warum dieser Platz „Kaffeebuche" heißt«, begann der Staatsanwalt. »Wie Mike schon erwähnte, wurde die eigentliche Buche vor einigen Jahren gefällt. Als ich die Reiseroute auswählte, fiel mir dieser Name auf, und es interessierte mich, wie es zu diesem Namen gekommen war. Da habe ich mich ein wenig schlau gemacht. Schließlich wollen wir unseren Ranger ja nicht die ganze Tour strapazieren.«

Er blickte zu Mike, der etwas abseits am Wegrand stand. Er lächelte Büdenbender freundlich zu und deutete mit einer Handgeste an, dass Büdenbender weitererzählen solle.

»Also, wie schon erwähnt, stand hier einmal eine Buche.« Mit einem zufriedenen Gesichtsausdruck sprach Büdenbender weiter. »Unter dieser Buche sammelten sich früher die im Hauberg arbeitenden Menschen, wenn sie die mittäglichen Kirchenglocken aus den benachbarten Dörfern läuten hörten. Die alte Buche spendete an heißen Sommertagen Schatten. Zudem befand sich früher eine kleine Quelle in der Nähe, deren Wasser den Durst stillen konnte. Das Quellwasser wurde auch für die Zubereitung des Kaffees genutzt. Daher hat dieser Platz seinen Namen erhalten.«

»Einen Kaffee könnte ich jetzt auch gebrauchen«, rief Paul.

»Kein Problem«, antwortete der Besitzer des Partyservice und ging zu seinem Wagen. Mit einer großen Thermoskanne kam er zurück.

»Das nenne ich einen Service«, lobte Paul und ließ sich in einen Pappbecher den ersten Kaffee eingießen.

»Da schließe ich mich doch an«, sagte Pfeiffer und stand auf.

Tristan nahm seine Pfeife aus der Pfeifentasche und begann sie zu stopfen. Nadine trat zu ihm.

»Wo ist Marlowe?« fragte sie.

Tristan sah sich um. Er fand Marlowe weder auf dem Ast in der jungen Buche sitzend noch in der Nähe des Käsebrettes.

6

Besorgt stand Tristan auf.

»Wo könnte er sein?« fragte Nadine und sah sich die am Wegrand stehenden Bäume an.

»Ich hab ihn nicht weiter beobachtet«, antwortete Tristan und seine Stimme verriet, dass er sich Vorwürfe machte. »Aber weit wird er nicht fortgeflogen sein.«

Allerdings, schoss es dem Detektiv durch den Kopf, wenn der Mörder Nadine immer noch nach dem Leben trachtete, dann wäre ihm Marlowes Anwesenheit zum Problem geworden. Es konnte also durchaus sein, dass der Mörder zuerst versuchen würde, den Vogel loszuwerden. Das machte Tristan Angst.

»Marlowe!« rief er mehr als besorgt.

Damit zog er nun die gesamte Aufmerksamkeit der Gruppenmitglieder auf sich.

»Was ist mit dem Vogel?« fragte Otterbach. »Ist er davongeflogen?«

»Herr Landrat«, antwortete Mike voreilig, »ich hatte Ihnen doch schon erklärt, dass diese Tiere sehr anhänglich sind.«

»Stimmt das?« wandte sich Otterbach an Tristan.

»Normalerweise ja«, nickte Tristan. »Aber wir befinden uns in der freien Natur, die ist er nicht gewöhnt. Die Stadt mit ihren offenen Flächen ist etwas anderes als dieser Wald.«

»Verschreckt es den Vogel nicht, wenn wir ihn suchen?« fragte Waltraut. »Ich meine, nicht jeden mag er so wie Nadine!«

»Das wäre meine geringste Sorge«, antwortete Tristan. »Solange er nicht verletzt ist, fliegt er einfach umher, um mich zu suchen.«

»Sie haben Angst, er könnte sich verletzt haben?« Paul stand hinter Tristan und blickte eher gelangweilt in den Wald vor ihnen. Ein Teil der Gruppe verteilte sich bereits rund um den Rastplatz und suchte den Kakadu.

»Ja«, sagte Tristan und ging zu der jungen Buche, auf der er Marlowe zuletzt gesehen hatte.

Er verfluchte seine Dummheit, dass er sich hatte ablenken lassen. Vor der Buche blieb er stehen und sah sich am Boden um. Sein siebter Sinn sagte ihm, dass Marlowe den Platz nicht freiwillig geräumt hatte. Er hoffte einen Hinweis darauf unter der Buche zu finden. Das dort wachsende Gras wies keine verräterischen Spuren auf. Kein Halm war geknickt oder gar zertreten. Er wollte gerade seinen Blick abwenden, da sah er eine kleine, weiße Feder, die eindeutig von Marlowe stammen musste. Er nahm sie auf und untersuchte anschließend die Stelle genauer. Vorsichtig schob er die Grashalme auseinander, strich mit der Hand durch kleine Moosflächen und stieß plötzlich auf einen kleinen runden Gegenstand, der eindeutig nichts hier zu suchen hatte.

Seine Befürchtung bestätigte sich, jemand hatte auf Marlowe geschossen, ohne dass er es mitbekommen hatte.

Das machte ihn wütend.

Er atmete einmal tief durch, beruhigte sich wieder und ging schließlich zurück zum Wagen. Den kleinen Fund steckte er in seine Hosentasche.

»Ich schlage vor«, sagte er zu Büdenbender, der neben Otterbach an der Käseplatte stand, »dass Sie weitergehen. Ich warte hier auf Marlowe.«

»Ist das Ihr Ernst?« fragte der Staatsanwalt ungerührt.

»Ja, ich denke, sobald ich allein bin, kommt er von selbst«, antwortete Tristan entschieden.

»In Ordnung«, nickte Büdenbender und rief die Gruppe zusammen. »Wir gehen weiter. Irle wartet hier auf den Vogel.«

»Und er wird auch wirklich kommen?« Nadine gefiel dieser Vorschlag nicht.

»Ganz sicher«, bekräftigte Tristan. »Ich hole Sie schon wieder ein.«

»Soll ich bei Ihnen bleiben?« fragte Holzbaum, der den weißen Vogel besonders mochte.

»Nein danke«, antwortete Tristan freundlich. »Ich denke, ich bleibe allein. Sie und Pfeiffer sollten bei der Gruppe bleiben.«

Pfeiffer schielte kurz zu Nadine und nickte. Tristan wusste, er würde auf die Beamtin aufpassen.

»Dann lasst uns aufbrechen«, forderte der Staatsanwalt.

Es gab noch eine kurze Diskussion, ob es richtig sei, ein Mitglied der Gruppe einfach zurückzulassen, schließlich zerstreute jedoch Tristans selbstbewusstes Auftreten allen Zweifel. Die Männer und Frauen schulterten ihre Rucksäcke und machten sich auf den Weg.

Büdenbender blieb bei Tristan stehen.

»Wir folgen dem Steig bis zur Ilsequelle«, erklärte er und zeigte ihm auf der Wanderkarte den Weg. »Der Steig biegt vor dem Jagdberg nach Osten ab. Wenn Sie geradeaus über die A 7 gehen, kürzen Sie ein gutes Stück des Weges ab, und wir könnten uns in Heiligenborn wieder treffen.«

Tristan prägte sich den Weg ein und sagte: »Ich werde dort auf Sie warten.«

»Gut«, nickte der Staatsanwalt, »das will ich hoffen.«

Sie verabschiedeten sich.

Der Mann vom Partyservice begann seine Sachen einzuräumen. Tristan bat ihn um den Rest des Käses und setzte sich an den Wegrand. Er staunte, wie schnell der Mann alles verstaute und sich verabschiedet hatte. Das Motorengeräusch war noch eine Weile durch den Wald zu hören, dann wurde es still.

Der Detektiv legte den Käse auf seinen Rucksack, schob seinen Wanderstock in Griffweite und wartete. Er war sich sicher, dass Marlowe irgendwo in der Nähe ein Versteck gefunden hatte. Dort würde er bleiben, bis ihm die Luft rein genug erschien, um zu Tristan zurückzufliegen.

Was den Detektiv neben der Sorge um Marlowe beschäftigte, war die Frage, wie der Übeltäter es schaffen konnte, unbemerkt auf Marlowe zu schießen. Er griff in die Hosentasche und holte den kleinen, runden Gegenstand heraus. Kopfschüttelnd betrachtete er einen runden Kieselstein und ließ ihn auf der Handfläche hin und her rollen. Es war erstaunlich, wie schnell der Mörder reagiert hatte, und wo zum Teufel hatte er plötzlich diesen Stein hergezaubert? Eine feine Ahnung lies ihn sein Notizbuch aus dem Rucksack nehmen. Er notierte sich eine Frage und schrieb anschließend weitere Notizen nieder. Als er damit fertig war, sah er sich suchend um, ohne seinen Platz zu verlassen. Von Marlowe war keine Spur zu sehen. Nachdenklich legte er sich ins Gras. Etwas drückte ihn an der Seite. Er spürte seine Pfeife in der Strickjackentasche und holte sie heraus. Sie war halb gestopft. Er setzte sich wieder auf und stopfte die Pfeife zu Ende. Dann zündete er sie an und begann kleine Rauchkringel in die Luft zu pusten. Ab und zu nahm er sich ein Stück des Käses und wartete.

7

Die Gruppe war gut drei Kilometer gewandert und erreichte die Kreuzung, an der der Steig nach Osten abbog, während es geradeaus über den Jagdberg direkt nach Heiligenborn ging. Sie folgten der roten Markierung.

»Es war nicht richtig, Irle allein zu lassen«, knirschte Nadine.

»Er wollte es«, antwortete Waltraut. »Und einem Irle widersetzt man sich nicht.«

»Ich mache mir Sorgen«, gestand Nadine, die den nächtlichen Angriff noch spürte.

»Was soll passieren«, lächelte Waltraut unbekümmert. »Marlowe hat bestimmt eine süße Nachtigall gesehen und ist ihr gefolgt.«

»Du bist unverbesserlich«, kicherte Nadine, »du denkst nur an Sex.«

»Na, von wem habe ich das wohl gelernt«, antwortete Waltraut.

»Die Damen haben Spaß«, mischte sich Pfeiffer ungeschickt in das Frauengespräch ein.

Waltraut fixierte den um einen Kopf kleineren Hauptkommissar und schwieg.

Nadine verhielt sich freundlicher.

»Sie wissen«, sagte sie mit einem leicht belehrenden Unterton, »es gehört sich nicht, Frauen bei ihren Gesprächen zu belauschen.«

»Nein, das hat man mir noch nicht beigebracht«, grinste Pfeiffer schelmisch, »außerdem, das sollten Sie wissen, haben wir Männer einen ausgezeichneten Hörsinn.«

»Ach was?« stieß Waltraut aus. »Seit wann denn das?«

»Immer dann, wenn Frauen das S-Wort benutzen«, antwortete Pfeiffer schmierig. »Wir können ansonsten taub sein, aber wenn das S-Wort fällt, dann sind unsere Gehörgänge noch im Vollrausch in der Lage, unserem Gehirn die nötigen Informationen zukommen zu lassen.«

»So«, zischte Waltraut, »Männer haben also ein Gehirn?«

»Oh, Sie halten nicht viel von uns?« hakte Pfeiffer nach. »Dafür beschäftigen Sie sich aber auffallend oft mit uns Männern.«

»Gewisse äußerliche Attribute der Männer haben ihren Reiz«, erwiderte sie spitz.

»Unsere Scharfsinnigkeit«, führte Pfeiffer an, »gehört dann also nicht zu unseren Reizen.«

Nadine musste lachen.

»Verzeihen Sie, Herr Pfeiffer«, sagte sie und klopfte dem Hauptkommissar kumpelhaft auf die Schulter. »Aber Männer und Scharfsinnigkeit, gerade dann, wenn es um uns Frauen geht, das ist, als ob Sie einen Einzeller mit dem komplizierten Organismus eines Gehirns vergleichen.«

»Sie müssen schlechte Erfahrungen gesammelt haben«, antwortete Pfeiffer tapfer. »Sonst könnten Sie nicht zu einer derart niederschmetternden Erkenntnis gekommen sein.«

»In der Tat«, nickte Waltraut und hatte Mühe, sich ein lautes Lachen zu verkneifen, »wir haben unsere Erfahrungen gesammelt.«

»Nun, dann ist es ja gut, dass ich jetzt da bin«, meinte der Hauptkommissar selbstbewusst, »denn so lernen Sie mal einen richtigen Mann kennen, auf den Sie sich verlassen können.«

»Das wollen wir hoffen«, flüsterte Waltraut und hatte genug von Pfeiffers Anwesenheit. Sie legte einen Schritt zu und ließ Nadine bei Pfeiffer zurück.

»Sie meint es nicht so«, entschuldigte Nadine ihre Freundin.

»Da bin ich mir nicht so sicher«, antwortete Pfeiffer nachdenklich.

Nadine und Pfeiffer gingen eine Weile schweigend nebeneinander her. Dann sagte Nadine: »Ich hab mich ein wenig umgehört, wer sich gestern Abend *wo* und *wann* aufgehalten hat.«

»Und? Etwas herausbekommen?« Pfeiffer war ganz Ohr.

»Die Zimmer-Paarungen haben sich nicht verändert«, begann Nadine zu berichten, »nun, außer der Zimmer-Paarung von Daniela, die hat allein ein Zimmer benutzt. Sagt sie wenigstens.« Sie sah Pfeiffer aufmerksam an.

Der nickte ihr zu.

»Den Staatsanwalt und die Ärztin sowie den Landrat können wir außen vor lassen, Paul und Gerd, das haben beide unabhängig voneinander erzählt, hatten einiges getrunken und sind zeitgleich zu Bett gegangen. Uwe Nudel und Ranger Mike sind unabhängig zu Bett gegangen. Keiner von beiden kann sagen, wann der Zimmernachbar zu Bett ging.«

»Das ist interessant«, schnaufte Pfeiffer. »Was ist mit Ihrer Freundin?«

»Oh, die schlief, als ich mich hinlegte«, antwortete Nadine und musterte Pfeiffer.

»Aber wir können sie deshalb nicht ausschließen«, sagte er ernst.

»Weshalb sollte sie mich angreifen?« sagte Nadine entsetzt. »Nein, sie hat mit der Sache nichts zu schaffen. Außerdem war sie vorgestern Abend die ganze Zeit im Zimmer.«

»Ganz sicher?« fragte Pfeiffer.

Nadine überlegte und dann verzog sie ihr Gesicht. Waltraut hatte tatsächlich das Zimmer kurz verlassen, um etwas zu trinken zu holen.

»Was ist mit Ihnen?« Pfeiffer bemerkte ihre Reaktion.

»Nein, Waltraut ist zu einem Mord nicht fähig«, stieß sie aus.

»Das haben Menschen schon oft von ihren Freunden behauptet«, antwortete Pfeiffer, »und mussten dann etwas anderes feststellen.«

Sie erreichten die Ilsequelle.

Ein kleiner Teich lag inmitten des Waldes.

Pfeiffer sah sich den Teich an und meinte: »Das ist eine große Quelle.«

»Das ist nicht die Quelle«, sagte Mike abfällig, »die finden Sie dort, wo das viereckige Loch zu sehen ist.«

Zuerst erkannte Pfeiffer nur den kleinen Teich, doch als Mike an dessen Rand auf einen steinernen Rahmen unterhalb eines Baumes aufmerksam machte, sah er den Quelltopf.

»Die steinerne Einrahmung«, erklärte Mike, während er zur Quelle ging, »wurde erst in den letzten Jahren wiedergefunden. Man hatte sie nach der Reformation entfernt.«

Die Polizisten traten näher an den Teich heran.

»Herr Holzbaum«, rief Chantal, »Sie sollten Ihren Fuß in der Quelle baden. Im Mittelalter galt sie als Heilquelle.«

»Stimmt das, Mike?« fragte Paul interessiert.

»Ja«, bestätigte der Ranger und kniete sich auf die massive Umrandung. »Die Menschen pilgerten im Mittelalter von weit her, da das Wasser Linderung versprach.«

»Aberglauben«, knurrte Pfeiffer, »purer Aberglauben.«

»Nicht ganz, lieber Pfeiffer«, grinste Mike. »Untersuchungen, wissenschaftliche Untersuchungen, haben ergeben, dass das Wasser der Ilsequelle sich tatsächlich vom Wasser aller anderen Quellen in der Region unterscheidet. Die Ionen der Mineralien, die das Wasser enthält, sind auf ungewöhnliche Weise polarisiert. Man vermutet, dass es an dem eisenhaltigen Gestein liegt, aus dem die Quelle entspringt. – Übrigens hat das Wasser hier ähnliche Eigenschaften wie das der berühmten Heilquelle in Lourdes.«

»Was für eine Geldquelle hätte das hier sein können«, murmelte Otterbach.

»Im Mittelalter war es auch so«, ergänzte Mike. »Graf Ludwig von Wittgenstein ließ in der Nähe Hütten errichten und Bäder anlegen.«

Holzbaum zog derweil seine Schuhe aus.

»Was soll das werden?« fragte Gerd spitz.

»Na, ich will sehen, ob das Wasser hilft«, antwortete Holzbaum.

»Daraus trinken Menschen«, rief Gerd angewidert. »Da kann man doch keine käsigen Füße reinstecken!«

»Einen Eimer habe ich nicht dabei«, antwortete Holzbaum und entledigte sich der Socke.

»Vielleicht hilft es ja, wenn du den Fuß in den Teich steckst«, meinte Pfeiffer nachdenklich.

Holzbaum blickte zum Teich, in dem allerlei Lebewesen herumschwammen. Einige Libellen kreisten pfeilschnell über die Oberfläche und verschwanden dann im Wald.

»In die Brühe!« Holzbaum schüttelte den Kopf. »Da entzünde ich mir noch den Fuß.«

»Ich hab eine Idee«, mischte sich Waltraut ein. »wir füllen eine Wasserflasche, und du wäschst den Fuß mit dem Wasser aus der Flasche.«

»Das ist eine gute Idee«, stimmte Gerd zu. »Kannst meine nehmen, die ist leer.«

Er reichte Holzbaum seine Wasserflasche.

Der Kommissar humpelte zur Umrandung und füllte die Flasche.

»Na, dann wollen wir mal sehen, was passiert«, lächelte er und wusch sich den Fuß.

»Wir sind nicht bei Indiana Jones, und die Flasche ist nicht der Heilige Gral«, mahnte Chantal. »Die Wunde wird sich jetzt nicht vor unseren Augen schließen.«

»Schade«, brummte Büdenbender, »das wäre mal eine Nachricht gewesen.«

8

Eine Wespe landete sanft auf Tristans Rucksack und begann ihre Fühler neugierig hin und her zu strecken. Sie fing an, sich für den Käse zu interessieren. Tristan saß ruhig im Gras und beobachtete das gelb-schwarze Insekt, während kleine Rauchkringel gen Himmel aufstiegen. Die Wespe tastete sich langsam vor, hielt alle paar Millimeter an, streckte ihre Fühler aus und krabbelte dann weiter. Der Käse lag auf der Verschlussklappe des Rucksackes. Die Wespe war gut eine Handbreite tiefer gelandet. Problemlos meisterte sie Lederfalten und näherte sich kompromisslos dem Käse.

Tristan sah der Wespe eine Weile zu, doch dann sah er auf seine Armbanduhr. Der Kakadu war noch nie über eine Stunde ausgebüchst. Langsam begann er sich um Marlowe Sorgen zu machen. Er stand auf, was die Wespe zu einem Alarmstart veranlasste.

»Marlowe!« rief er laut.

Die Wespe flog einen Vollkreis und landete wieder auf dem Rucksack.

»Wo versteckst du dich?« Tristan ging einen Schritt vor.

Dieses Mal interessierte sich das Insekt nicht für den Detektiv. Sie krabbelte auf den Käse zu.

Gut zwanzig Meter entfernt in einer dicht belaubten Eiche saß Marlowe und putzte sein Federkleid. Er hatte sein Herrchen die ganze Zeit im Blick, und da das Herrchen den qualmenden Stock anzündete, wusste er, dass er sich Zeit lassen konnte, den sicheren Platz zu verlassen.

Doch als Tristan nach dem Rucksack griff, um die Wespe zu vertreiben, sah es für Marlowe so aus, als wolle sein Herrchen weiterziehen. Er spreizte seinen Kamm, kletterte aus seinem Versteck und breitete seine Flügel aus. Dann flog er los.

Tristan beschäftigte sich noch mit der Wespe, als Marlowe wie aus dem Nichts auf dem Rucksack landete.

Überrascht hielt der Detektiv inne und strahlte vor Freude.

»Da bist du ja endlich«, sagte er sanft und hielt ihm seinen Arm hin.

Marlowe kletterte sofort hinauf. Tristan tastete seine Brust und anschließend die Flügel nach Verletzungen ab. Der Kakadu ließ es über sich ergehen, und als Tristan erleichtert feststellte, dass keinerlei Verletzungen zu fühlen und zu sehen waren, kletterte der Vogel auf Tristans Schulter.

»Na, wer hat auf dich geschossen?« fragte Tristan, während er ihm ein Stück Käse gab.

Jetzt wünschte er sich, dass der Kakadu wirklich antworten könnte. Doch Marlowe nahm den Käse in den Schnabel und wollte mehr. Tristan fütterte ihn, bis er genug hatte, dann nahm er seinen Rucksack. Die Wespe hatte endgültig genug von ihm und flog weiter. Nachdenklich fragte er sich, was passiert war, als Marlowe brabbelte: »Aber, Alter, das bedenke / Dass es hier noch manches gibt, / Zum Exempel Gicht und Ränke, / Was im ganzen unbeliebt.«

»Ja, Kleiner«, stöhnte Tristan und legte den Rucksack an, »dann wollen wir mal hoffen, dass du wenigstens den Übeltäter erkannt hast.«

Er nahm seinen Wanderstock und marschierte los.

Eine gute Stunde hatte er gegenüber den anderen verloren. Jetzt konnte er nur hoffen, dass das gemächliche Tempo des Vormittags in der Gruppe beibehalten wurde, sonst hatte er keine Chance, sie noch einzuholen.

Wie Büdenbender vorhergesagt hatte, traf Tristan nach gut drei Kilometern an der Wegkreuzung an, die zur Ilsequelle rechts und geradeaus nach Heiligenborn führte. Tristan hielt inne, legte den Rucksack ab, was Marlowe nutzte, die Umgebung aus der Luft intensiver zu untersuchen. Aus dem Rucksack zog der Detektiv seine Wanderkarte und sah sich den Weg nochmals genauer an. Wenn er nach links abbiegen würde, dann könnte er gut ein weiteres Stück des Weges abkürzen, würde aber Heiligenborn nicht erreichen.

»Was machen wir?« rief er Marlowe zu, der sofort danach zur Landung ansetzte. »Ich denke, dass wir doch nach Heiligenborn gehen. Was meinst du?«

Marlowe begutachtete die Karte, schnappte einmal danach, doch Tristan zog sie warnend zurück, dann sträubte der Kakadu seinen Kamm und flatterte geradeaus den Weg entlang.

»Also gut«, nickte Tristan, hob den Rucksack auf und folgte Marlowe geradewegs nach Heiligenborn.

Unterdessen bewegten sich die Beamten, geführt von Ranger Mike, aus Osten kommend um den Jagdberg in Richtung Heiligenborn. Der Wald wurde lichter, je näher sie dem Ort kamen. Schließlich führte sie der Steig an Wiesen und Weiden vorbei. Zum ersten Mal seit Stunden hatten sie freie Sicht.

»Das sieht nicht gut aus«, sagte Holzbaum und deutete auf den Himmel.

Im Laufe des Nachmittags war eine feuchtwarme Luftmasse schneller aus dem Westen herangezogen, als es die Meteorologen vorhergesehen hatten. Sie traf jetzt genau über dem Rothaargebirge mit der kalten Luftmasse zusammen.

Gewaltige Gewitterwolken schossen in die Höhe und bildeten ein kilometerhohes Wolkengebirge. Der Wind trieb es langsam, aber direkt auf die Wandergruppe zu.

»Es gab keine Gewittermeldung«, blaffte Otterbach, was allen Zweifel an schlechtem Wetter zerstreuen sollte.

Leider hielt sich die Natur nicht an die Anweisungen des Landrates.

Die Wandergruppe folgte gerade einem gut ausgebauten Feldweg, als der erste Blitz in einen allein stehenden Baum einschlug. Sie waren kurz vor Heiligenborn.

»Ach du Scheiße«, rief Paul vor Schreck, »wir sollten uns beeilen, einen Unterschlupf zu finden.«

»Es regnet gar nicht«, wunderte sich Pfeiffer und sah nach den Gewitterwolken. »Wo kam dieser Blitz her?«

»Wenn Sie nicht Ihre Stöcke schwingen«, mahnte Chantal, »dann werden Sie genau dorthin fahren, woher der Blitz kam.«

»Nein, im Ernst«, beharrte der Hauptkommissar, »das ist doch ungewöhnlich.«

Mike schritt neben dem Kommissar und meinte: »Wärmegewitter. Schon mal was davon gehört?«

»Natürlich«, antwortete Pfeiffer gereizt, »aber diese Wolken sehen wie gewöhnliche Gewitterwolken aus.«

Es grollte über ihnen bedrohlich, und alle zogen das Tempo an. Wenige Augenblicke später brachte eine erste Windböe leichten Regen. Kurz darauf krachte es erneut, und dann traf sie der Gewitterschauer mit voller Wucht.

»Es gibt nicht weit von hier eine alte Hütte«, rief Mike und trieb die Gruppe vorwärts, »dort können wir uns unterstellen.«

Sie konnten sie bereits am Wegrand stehen sehen, als erneut ein Blitz nur wenige Meter unterhalb der Hütte in einen Zaun jagte.

»Eisen!« schnaufte Holzbaum und wischte sich den Regen aus dem Gesicht, »das zieht Blitze an.«

»Haben diese Stöcke eine Eisenspitze?« fragte Nadine, die mittlerweile die Nähe der beiden Kriminalkommissare aufgesucht hatte.

»Keine Ahnung«, stutzte Pfeiffer. »Hab auch nicht vor, das herauszufinden.«

Sie erreichten eine alte, windschiefe Hütte, doch wie sich herausstellte, fanden nicht alle Platz darin. Mittlerweile waren sie bis auf das Unterhemd durchnässt.

»Wer baut denn solche Dinger!« schimpfte der Landrat, während um sie herum der Regen niederprasselte.

»Wir sind jetzt ohnehin alle nass«, meinte Pfeiffer erstaunlich gelassen, »wir sollten uns vor den Blitzen schützen.«

»Das finde ich auch. Die Frauen gehen in die Hütte«, befahl Büdenbender. »Die anderen verteilen sich unter die Bäume da.«

Eine Gruppe von drei hoch gewachsenen Eichen stand neben der Hütte auf einer Weide.

»Das ist keine gute Idee«, erwiderte Holzbaum, »es blitzt!«

»Ach was!« wehrte der Staatsanwalt ab, »besser unter den Bäumen, als hier auf der Weide zu stehen. Es bleibt uns nichts anderes übrig. Nicht wahr, Mike?«

»Es ist gefährlich«, nickte der Ranger. »Aber besser, als hier zu bleiben.«

»Viel zu gefährlich, wir bleiben bei der Hütte«, sagte Pfeiffer entschieden.

»Wir finden nicht alle Platz«, stöhnte Büdenbender, »das haben wir doch schon festgestellt.«

»Für zwei ist noch Platz«, rief Daniela.

»Herr Landrat und Friedrich, ihr geht in die Hütte!« Mike übernahm jetzt das Kommando.

Die beiden Männer nickten und zwängten sich in die Hütte.

»Wir bleiben«, knurrte Pfeiffer bedrohlich. Holzbaum unterstützte seinen Partner.

Mike reagierte nicht auf die beiden, sondern wandte sich entschieden an die drei Polizeihauptmeister. »Verteilt euch einzeln unter die Bäume und beeilt euch.«

Paul nickte und die drei liefen los. Pfeiffer und Holzbaum sahen ihnen mit gemischten Gefühlen hinterher. Dann suchten sie eine Stelle, an der das leicht überhängende Hüttendach nicht ganz so durchlöchert war und lehnten sich an die Wand. Es donnerte erneut über ihnen.

Tristan befand sich zu diesem Zeitpunkt keine fünfhundert Meter nördlich von der Hütte. Noch konnte er sie nicht sehen und hatte keine Ahnung davon, dass es sie überhaupt gab. Sein Plan war es, einen der alten Kanonhöfe in Heiligenborn aufzusuchen, um dort das Gewitter vorüberziehen zu lassen. Die Bezeichnung der Bauernhöfe stammte aus dem 18. Jahrhundert. Es handelte sich um Gehöfte, die eine jährliche Pacht – den so genannten Kanon – an die Wittgensteiner Grafen zu zahlen hatten. Ansonsten waren sie von Abgaben befreit. Der Detektiv hatte mit Beginn der ersten Regentropfen ein schnelles Marschtempo angeschlagen, und Marlowes Krallen bohrten sich tief in die durchnässte Strickjacke. Der Regen selbst war für Marlowe ungefährlich und für Tristan nur unangenehm. Er ärgerte sich über seinen Irrglauben, der Wettervorhersage vertraut zu haben. Noch befand er sich in einem dichten Waldstück, das ihn vor Blitzen schützte. Der Feldweg bog nun leicht nach rechts und führte ihn aus dem Wald heraus. Tristan erkannte sofort die Gefahr, die der offene Feldweg mit sich brachte. Für einen Moment zögerte er, doch dann erblickte er die alte Hütte. Er erkannte Pfeiffer und Holzbaum an der Hüttenwand lehnend und hielt abrupt inne. Der Detektiv sah sich die Hütte genauer an und kam zu dem Schluss, dass sie anscheinend nicht genügend Platz bot.

Das Zentrum des Gewitters lag jetzt über der großen Viehweide, auf der drei einzelne Bäume standen. Mit Grausen entdeckte er, dass dort drei Männer Schutz suchten. In diesem Moment fuhr ein kräftiger Blitz aus der tiefschwarzen Wolke über ihnen und schlug krachend in einen der Bäume. Mit einem ohrenbetäubenden Lärm spaltete der Blitz den Stamm und setzte ihn in Flammen.

»Ach du liebe Güte!« stieß Tristan aus und rannte los.

5. Jede Hilfe kam …

Freitag, Heiligenborn – Lahnquelle

Jede Hilfe kam zu spät. Ein Teil des gespaltenen Stammes hatte Pauls Schädeldecke zerschlagen und der Blitz die Wiese in Brand gesetzt. Tristan sprang über die auflodernden Flammen, doch als er die schweren Verletzungen sah, wusste er, dass ihm nicht mehr zu helfen war. Chantal traf unmittelbar hinter Tristan ein. Fassungslos ließ sie sich neben dem Polizeihauptmeister nieder.

Zum Glück löschte der starke Regen das Feuer, so dass keine unmittelbare Gefahr mehr bestand. Es donnerte zwar über ihnen, aber die Blitze gingen jetzt gut einen Kilometer weiter nieder. Chantal raffte sich auf und sah nach den anderen beiden Polizisten. Die starke Blitzentladung war auch an ihnen nicht spurlos vorübergegangen. Ihnen standen buchstäblich die Haare zu Berge. Ansonsten hatten sie keinen weiteren körperlichen Schaden erlitten.

Mittlerweile trauten sich auch die anderen aus der Hütte. Nach und nach sammelten sie sich unter den drei Eichen.

»Wir sollten einen Krankenwagen bestellen«, sagte Chantal betroffen. »Ich möchte, dass die beiden genauer untersucht werden.«

»Kein Problem«, nickte Büdenbender und suchte sein Handy. Er verständigte den Notarzt und die Polizei.

»Das war's dann wohl mit der Wanderung«, meinte Mike bedauernd.

»Darüber reden wir später«, sagte Otterbach. »Jetzt sollten wir erst einmal sehen, dass wir ins Trockene kommen.«

»Der Lahnhof ist knappe vier Kilometer entfernt«, antwortete Mike, »ich schlage vor, dass diejenigen, die hier nicht auf den Krankenwagen warten wollen, schon mal losgehen.«

»Eine gute Idee«, stimmte ihm Büdenbender zu. »Chantal, was meinst du, können Nudel und Schlotter gehen?«

»Wir sind okay«, stöhnte Nudel, »die paar Kilometer schaffen wir schon.«

Gerd nickte ihm zu und flüsterte: »Bin okay«.

»Gut«, rief Büdenbender völlig durchnässt, »dann sollten wir schnellstens aufbrechen.«

Der Staatsanwalt wandte sich an Tristan, sah den Detektiv müde an und schien nach den passenden Worten zu suchen.

Tristan kam ihm zuvor und sagte: »Ich bleibe hier.«

Erleichtert nickte Büdenbender und flüsterte: »Danke!«

Pfeiffer beobachtete die Szene aus dem Hintergrund. Er nahm seinen Kollegen Holzbaum zur Seite und sagte: »Du gehst mit den anderen, ich bleibe bei Irle.«

»In Ordnung«, antwortete Holzbaum.

»Pass auf Nadine auf, klar!« Pfeiffer beschlich ein unangenehmes Gefühl. »Ich glaube, es ist noch nicht vorbei.«

»Chef«, erwiderte Holzbaum leise, »das war ein Unglück.«

Der Hauptkommissar schüttelte leicht den Kopf. »Sieh dir Irle an. Diesen Gesichtsausdruck kenne ich, der brütet etwas aus.«

Holzbaum sah zu Tristan und musste seinem Chef Recht geben.

»Ich pass auf«, gelobte er und gesellte sich zu den Frauen, die niedergeschlagen auf der Weide standen.

Nadine sah sich nach Marlowe um, fand ihn aber weder auf Tristans Schulter noch in einem der Bäume sitzend. Ein unangenehmes Gefühl beschlich sie. Aufgeregt rief sie: »Herr Irle – Wo ist Marlowe?«

Der Detektiv blickte auf, sah Nadine unversehrt und verließ den Unglücksort.

»Hallo, Frau Fischbach«, grüßte er, »schön, Sie gesund zu sehen.«

»Danke, aber wo ist Ihr Kakadu?«. Sie sah ihn ängstlich an.

»Sehen Sie mal zur Hütte«, antwortete der Detektiv.

Marlowe war, als Tristan losrannte, zur Hütte geflogen. In der ganzen Aufregung hatte man den Kakadu nicht beachtet. Jetzt saß er auf dem Dachsims und wartete.

»Gott sei Dank«, stieß Nadine erleichtert aus. »Ihm ist nichts passiert.«

»Noch nicht«, antwortete Tristan und überlegte, ob Marlowe nicht besser ins Warme gebracht werden sollte. Aus diesem Grunde fragte er: »Herr Holzbaum, würden Sie Marlowe mit ins Hotel nehmen?«

»Gerne«, strahlte der Kommissar, »aber wird er auf mich hören?«

»Marlowe hört auf niemanden«, lächelte Tristan, »aber im Hotel wird es wärmer sein als hier.«

»In Ordnung«, nickte Holzbaum stolz.

Die drei gingen zur Hütte. Tristan rief Marlowe, der bereitwillig den Wechsel auf Holzbaums Schulter akzeptierte.

Unterdessen sammelten die anderen ihre Rucksäcke ein und marschierten los.

Zurück blieben Pfeiffer und Tristan.

»Und?« fragte Pfeiffer, nachdem die anderen außer Hörweite waren.

»Und was?« erwiderte Tristan lächelnd.

Die beide standen in der Hütte und sahen auf die Weide.

»Sie haben etwas entdeckt, nicht wahr?« Pfeiffer steckte sich eine Zigarette an.

»Vielleicht!« Tristan zuckte mit den Schultern.

Sie standen eine Weile schweigend beieinander. Langsam ließ der Regen nach, und plötzlich drangen die ersten Sonnenstrahlen durch den verhangenen Himmel.

»Wie um Gottes Willen«, fragte schließlich Tristan nachdenklich, »kamen die drei auf die Idee, unter den Bäumen Schutz zu suchen?«

»Büdenbender«, meinte Pfeiffer, »machte den Vorschlag.«

»Der Staatsanwalt«, Tristan schüttelte den Kopf, »hat man ihnen denn nicht davon abgeraten?«

»Oh doch«, nickte der Hauptkommissar, »der Ranger, Holzbaum und ich, aber die Jungs waren schneller. Als es heftiger zu regnen begann, wollten sie sich schützen. Sie rannten einfach los.«

»Verstehe!« Tristan blickte über die Weide. »Es hat aufgehört zu regnen.«

»Schön«, Pfeiffer musste niesen, »nass sind wir aber trotzdem noch.«

»Kommen Sie«, forderte er den Hauptkommissar auf, »ich möchte Ihnen etwas zeigen.«

Pfeiffer drückte die Zigarette aus und watschelte dem Detektiv hinterher.

»Ist eine Schande, so umzukommen«, meinte Pfeiffer auf dem Weg zum Unglücksort.

»Meinen Sie, eine Kugel wäre besser?«

»Nein«, erwiderte der Beamte, »wenn man schon sterben muss, dann bitte im hohen Alter beim Sex.«

Tristan schüttelte den Kopf. Sie erreichten die Baumgruppe.

»Fällt Ihnen etwas auf?« fragte der Detektiv den Hauptkommissar.

Pfeiffer sah sich um.

Die Bäume standen mitten auf der Weide, die sich leicht nach Nordosten absenkte. Das Gras war knöcheltief und kein Vieh war zu sehen. Er erkannte einen Zaun, und etwas weiter entfernt sah er den Giebel eines Hauses. Pfeiffer vermied es, auf den Toten zu schauen und musste schließlich gestehen: »Sorry, aber ich sehe nichts Verdächtiges.«

»Und was ist damit?« Tristan deutete auf einen kleinen Hain, der keine zwei Meter von der geborstenen Eiche entfernt stand.

»Das sind ein paar Büsche«, antwortete Pfeiffer gelangweilt.

»So?« Tristan ging zu den Büschen und stach seinen Wanderstab hinein. Er wiederholte den Vorgang, bis es plötzlich „Boing" machte. Der metallene Ton schwang leise aus.

»Ach du Scheiße«, rief Pfeiffer und eilte zu den Büschen.

Zusammen bogen sie das Gewächs auseinander.

»Hab ich mir gedacht«, stöhnte Tristan, als sie auf die Überreste einer alten Tränke stießen.

»Das Ding besteht aus Eisen«, staunte Pfeiffer und fluchte. »Warum liegt es noch hier?«

»War wohl zu schwer, um es anderswo aufzustellen«, meinte der Detektiv.

»Das Ding ist der reinste Blitzanzieher, wenn es so was gibt«, seufzte Pfeiffer. »Die Jungs sind in eine Falle getappt.«

»Ja, es wäre besser gewesen«, antwortete Tristan wütend, »die Männer wären auf der

Weide stehen geblieben als sich hierher zu flüchten.«

2

»Was bin ich froh, aus den Klamotten herauszukommen«, sagte Waltraut und zog sich die nassen Kleidungsstücke aus.

»Mir geht es genauso«, antwortete Nadine. Sie legte den Rucksack beiseite und begann sich ebenfalls umzuziehen.

Die Gruppe war zügig bis zur Lahnquelle gewandert, wo sie im „Forsthaus Lahnquelle" eincheckten. Das Hotel besaß ausreichend viele Zimmer, die an diesem Wochenende alle belegt oder reserviert waren.

Nachdem Nadine trockene Kleidung übergestreift hatte, öffnete sie die Balkontür und trat auf einen kleinen Balkon. Das alte Forsthaus stand keine zehn Meter vom Quellteich der Lahn entfernt. Eine hoch gewachsene Baumgruppe schützte den Teich und versperrte ein wenig den Blick vom Balkon über das umgrenzende Land. Sie waren über die Eisenstraße aus Osten gekommen. Der Weg hatte durch Nadelwälder geführt, bis sie vorbei an der Gaststätte „Lahnhof" ihr Hotel erreicht hatten. Große Weidenflächen rings um den alten Lahnhof zeugten von Landwirtschaft.

»Hier wollte ich nicht wohnen«, meinte Nadine nachdenklich. »Im Herbst bekommt man hier wahrscheinlich Depri-Anfälle.«

Waltraut trat zu ihr und atmete tief ein. Sie trug ebenfalls frische Klamotten und rieb sich die Haare trocken.

»Die Luft ist aber gut«, sagte sie zufrieden und fügte überrascht hinzu: »Hier hat es gar nicht geregnet.«

»Das Gewitter ist wohl vorbeigezogen«, meinte Nadine. »Der Ausflug entwickelt sich langsam zu einem Höllentrip.«

»Wenn das so weitergeht«, antwortete Waltraut ernst, »dann taufen sie den Wanderweg noch um in Killersteig.«

Nadine grinste müde und ergänzte: »Wandern Sie über den Killersteig. Nur was für echte Kerle. Todesgefahr inklusive.«

»Wenn uns die Realität nicht schon längst eingeholt hätte«, antwortete Waltraut niedergeschlagen, »dann könnte man darüber lachen.«

»Ich habe Angst vor dem, was noch kommen mag«, sagte Nadine leise.

»Schlimmer kann es wohl nicht mehr werden.« Waltraut hatte genug von der frischen Luft und verzog sich ins Zimmer.

»Ganz schön viel los.« Nadine sah hinunter in den Biergarten, wo ein ganzes Team von Kellnern damit beschäftigt war, Tische einzudecken. »Die bereiten wohl ein Fest vor.«

»Ja«, rief Waltraut, »hast du den Aushang unten nicht gelesen?«

»Welchen Aushang?« Nadine ging ebenfalls zurück ins Zimmer.

»So eine Art vorgezogenes Oktoberfest«, antwortete Waltraut.

»Danach ist mir aber überhaupt nicht«, erwiderte Nadine und ließ sich aufs Bett fallen.

Jemand klopfte in diesem Moment an die Tür.

»Ja bitte«, rief Waltraut.

Vorsichtig öffnete sich die Zimmertür und Holzbaum trat ein. Auf seinen Schultern wippte Marlowe hin und her.

»Alles in Ordnung mit Ihnen?« fragte der Kommissar besorgt.

»Uns geht's den Umständen entsprechend gut«, antwortete Nadine, ohne sich zu erheben.

»Der Landrat bittet in einer halben Stunde zu einer Besprechung«, richtete Holzbaum aus.

»Wir werden kommen«, stöhnte Waltraut und fügte nachdenklich hinzu: »Wissen Sie, um was es gehen soll?«

»Keine Ahnung«, antwortete Holzbaum, »aber ich könnte mir denken, dass er die Wanderung nun endgültig abbrechen will.«

»Kommt gar nicht in Frage«, nuschelte Nadine müde.

»Man wird sehen«, sagte Holzbaum, »wir sehen uns unten.«

Er verließ das Zimmer und klopfte ein Zimmer weiter an die Tür.

Dort öffnete ihm Daniela.

»Kommen Sie rein«, bat die Polizeikommissarin.

»Danke«, sagte Holzbaum. »Mit Ihnen alles okay?«

»Es geht so«, antwortete sie, als ob sie sich noch nicht sicher wäre, in welchem Zustand sie sich nun befände.

Auch ihr teilte er die Bitte des Landrates mit.

»Ich werde kommen«, sagte sie und fügte hinzu: »Glauben Sie an böse Geister?«

Holzbaum sah die Kollegin ernst an und antwortete behutsam: »An böse Geister glaube ich eigentlich nicht. Eine Pechsträhne, so etwas gibt es.«

»Ich meine nur«, erklärte Daniela etwas verlegen, »wenn man alle Ereignisse seit dem Sturz von Martin berücksichtigt, dann hätte Gerd bereits am Großen Stein der Nächste sein können. Und nun Paul!«

»Wenn wir ehrlich sind«, antwortete er, ohne die neuesten Erkenntnisse zu wissen, »dann wäre die Wahrscheinlichkeit, einen Sechser im Lotto zu gewinnen, höher gewesen, als dort von einem Blitz getroffen zu werden.«

Daniela dachte über die Worte nach und sagte: »Sie meinen also, dass es Pech war.«

»Ja«, antwortete er überzeugt.

»Pech und eine gewisse Dummheit«, erwiderte sie.

»Eine gefährliche Mischung«, meinte Holzbaum.

»Ich werde kommen«, nickte Daniela.

»Gut, bis gleich.« Der Kommissar verabschiedete sich.

3

»Und Sie sagen, da waren noch zwei andere so dumm, unter den Bäumen Schutz zu suchen?« Der Notarzt schüttelte den Kopf.

Tristan, Pfeiffer und der Arzt standen neben dem Rettungswagen auf dem Feldweg. Ein Streifenwagen parkte auf der Weide, und zwei uniformierte Polizisten deckten die Leiche zu.

»Sie sollten sich die Kollegen noch ansehen«, bat Pfeiffer den Notarzt. »Sie finden sie im Forsthaus Lahnhof.«

»Gut«, der Notarzt packte seine Sachen zusammen. »Der Leichenwagen wird den Mann abholen. Wollen Sie mitfahren?«

Er sah erst Pfeiffer, dann Tristan an.

»Gerne«, nickte der Hauptkommissar und sprang in den Wagen. »Irle?«

»Komme«, rief Tristan und schnappte sich seinen Rucksack.

Mit einem sportlichen Sprung enterte er den Krankenwagen und setzte sich auf eine Notpritsche.

Der Notarztwagen setzte sich langsam in Bewegung. Der Feldweg war schmal, und so nahm sich der Rettungssanitäter, der den Wagen fuhr, besonders viel Zeit.

»Wissen Sie«, rief der Notarzt vom Beifahrersitz den beiden Gästen im Fond zu, »der Mann hätte Lotto spielen sollen. Die Chancen, vom Blitz erschlagen zu werden, sind schlechter als im Lotto.«

Pfeiffer schüttelte den Kopf und sah Tristan an. Der Notarzt wusste nichts von der versteckten Tränke, und das sollte auch erst einmal so bleiben.

»Ich kann einfach nicht verstehen«, regte sich der Arzt immer noch auf, »was diese Beamten dazu trieb.«

»Haben Sie schon mal in einem Gewitter auf einer Weide gestanden?« erwiderte Pfeiffer ohne eine Spur von Freundlichkeit.

»Mehr als einmal, Herr Kommissar«, antwortete der Arzt trotzig, »aber mein Gehirn habe ich deswegen kein einziges Mal abgeschaltet.«

Pfeiffer gab auf. Letztendlich musste er dem Arzt Recht geben, was ihm in der Seele wehtat.

Der Krankenwagen verließ den Feldweg und fuhr die Eisenstraße entlang in Richtung Lahnhof.

Nach einer Viertelstunde erreichten sie die Lahnquelle.

»So schnell wären wir wohl nicht gelaufen«, meinte Pfeiffer und staunte über den Menschenauflauf. »Was ist denn hier los?«

Vom Parkplatz des alten Forsthauses auf der anderen Straßenseite strömten Besucher in den Biergarten des Hotels.

»Das hat uns gerade noch gefehlt«, stöhnte der Hauptkommissar.

Der Krankenwagen erregte die Aufmerksamkeit der Besucher, und so beeilten sich die Männer, ins Hotel zu gelangen. Dort erwartete sie Büdenbender bereits. Er führte den Notarzt sofort zu dem Zimmer, in dem Gerd und Uwe sich ausruhten.

Pfeiffer legte seine Stöcke und den Rucksack neben der Rezeption ab und sagte: »Ich bin an der Theke, da draußen.«

Tristan nickte und ließ sich seinen Zimmerschlüssel geben. Er wollte die nassen Klamotten loswerden.

»Wenn Sie sich nicht umziehen«, mahnte er den Beamten, »dann erkälten Sie sich noch.«

»Ich brauche jetzt erstmal was zu trinken«, meinte Pfeiffer entschieden.

Auf dem Weg zu seinem Zimmer traf er Holzbaum und Marlowe. Der Kakadu wechselte sofort die Schulter.

»Gab es Schwierigkeiten?« fragte Tristan besorgt.

»Keine«, antwortete Holzbaum stolz. »Man hat ihn gar nicht bemerkt.«

»Es war ein anstrengender Tag«, sagte Tristan, »das macht müde und geht auch an ihm nicht spurlos vorüber.«

»Das können Sie laut sagen.« Holzbaum kraulte Marlowe kurz die Brust und fragte: »Wo ist Pfeiffer?«

»Er holt sich an der Theke den Tod«, meinte Tristan. »Er wollte unbedingt erst etwas trinken, bevor er sich der nassen Klamotten entledigen will.«

»Ich gehe mal nachsehen.« Holzbaum ging ein paar Treppenstufen hinunter, dann rief er Tristan zu: »Wir wollen uns in einer halben Stunde unten treffen.«

»Gut«, nickte Tristan, »warten Sie nicht auf mich. Ich komme später nach.«

Holzbaum ging Pfeiffer suchen, während Tristan sich auf eine warme Dusche freute.

Der Notarzt war zufrieden. Gerd und Uwe hatten außer einem Schock nichts weiter erlitten.

»Sie können Ihrem Schöpfer danken«, meinte der Arzt.

Auch Büdenbender wirkte erleichtert.

»Danke, Doc«, sagte er.

»Wenn Sie sich ein paar Stunden Ruhe gönnen«, der Arzte packte seine Sachen ein, »dann sind Sie wieder fit.«

Uwe und Gerd zogen sich ihre Hemden über.

Der Arzt verabschiedete sich, und die drei Männer blieben allein zurück.

»Geht's Ihnen auch wirklich gut?« hakte der Staatsanwalt nach.

»Alles in Ordnung«, bestätigte Uwe müde, »mal abgesehen von Pauls Tod.«

»Verstehe«, nickte Büdenbender. »Ruhen Sie sich aus.«

Der Staatsanwalt stand auf und verließ das Zimmer.

Der Ausflug hatte sich endgültig zu einem Albtraum entwickelt. Daran war jetzt nichts mehr zu ändern. Er überlegte ernsthaft, den Ausflug abzubrechen, obwohl ihm sein Instinkt etwas anderes riet. Es war an der Zeit, die Prioritäten neu zu setzen. Nachdenklich ging er zur Rezeption und ließ sich die Zimmernummer des Detektivs geben.

4

Tristan ließ lauwarmes Wasser aus dem Duschkopf laufen. Mit jedem Tropfen warmen Wassers spürte er, wie sich seine verkrampften Muskeln lockerten. Für ein paar Minuten vergaß er die Schrecken des Tages. Nach dem Duschen legte er die nassen Kleidungsstücke ordentlich über eine kleine Heizung im Badezimmer. Dann zog er die Ersatzhose und das Ersatzhemd an. Auf die Strickjacke würde er an diesem Abend verzichten müssen.

Nachdem er wieder angezogen war, untersuchte er zufrieden seinen Rucksack und staunte über die gute Verarbeitung. Kein Tropfen Feuchtigkeit war durch das Leder gedrungen. Ersatzkleidung und Notizblock waren deshalb trocken geblieben. Anschließend zog er sein Notizbuch heraus und setzte sich an einen kleinen Tisch.

Leider war der Pfeifenbeutel in seiner Jackentasche nicht wasserdicht geblieben. Der Tabak hatte Wasser gezogen, und so musste er auf eine

Pfeife verzichten. Nachdenklich notierte er die Ereignisse des Tages und malte ein dickes Fragezeichen hinter dem Wort „Tränke".

Schließlich klopfte es an seiner Tür.

»Herein«, rief er und klappte das Notizbuch zu.

»Stör ich Sie?« fragte Büdenbender freundlich.

»Nein, kommen Sie herein.« Tristan bot ihm seinen Stuhl an und setzte sich auf die Bettkante.

»Was für ein Tag«, stöhnte Büdenbender, während er sich niedersetzte.

»Das können Sie laut sagen«, antwortete Tristan und war gespannt, was Büdenbender von ihm wollte.

»Ist alles geregelt?« begann der Staatsanwalt. »Ich meine dort draußen?«

»Ja, ich denke schon.« Tristan sah Büdenbender über den Rand seiner Halbbrille an. »Hatte Paul eine Ehefrau, Kinder?«

»Soweit ich weiß«, überlegte der Staatsanwalt, »nein! Seine Eltern werden von der Wache informiert.«

»Hat die Presse etwas mitbekommen?« fragte Tristan, der Büdenbenders Sorge um seinen öffentlichen Auftritt kannte.

»Im Moment noch nicht, aber das ist auch gut so«, seufzte er und schien nicht zu wissen, was er mit seinen Händen machen sollte. Sie wuselten hin und her. »Dieser Ausflug entwickelt sich zu einem Höllentrip. So hatte ich mir das nicht vorgestellt.«

Tristan musterte den Staatsanwalt. Er spürte, dass Büdenbender etwas auf dem Herzen lag.

»Kann ich Ihnen irgendwie helfen?« fragte er deshalb vorsichtig.

Der Staatsanwalt stand auf und ging zum Fenster. Von draußen drang Lärm aus dem Biergarten herauf.

»Glauben Sie, dass hier etwas nicht mit rechten Dingen abläuft?« fragte er mit Blick auf den Biergarten.

»Ja, das denke ich«, antwortete Tristan wahrheitsgemäß, ließ eine Erklärung aber offen.

Büdenbender drehte sich zu ihm um. Sein Gesichtsausdruck verriet weiterhin Unsicherheit. Schließlich schien er Mut zu fassen und fragte: »Haben Sie Beweise dafür?«

»Nein«, erwiderte der Detektiv knapp, »aber einen Haufen begründete Indizien.«

»Gut«, nickte der Staatsanwalt, ohne weiter nach den Indizien zu fragen. Stattdessen wollte er wissen: »Sollen wir die Wanderung abbrechen oder zu Ende führen?«

»Zu Ende führen«, antwortete Tristan entschlossen.

Büdenbender nickte. Erleichtert blickte er nun den Detektiv an und sagte: »Danke, bleiben Sie am Ball.«

»Das werde ich«, erwiderte Tristan. »Darauf können Sie Ihre Pension verwetten.«

Büdenbender grinste schwach und meinte: »Ich hätte mir nie träumen lassen, dass ich über Ihre Anwesenheit mal froh sein würde.«

»Das Schicksal lässt uns manchmal seltsame Wege gehen«, lächelte Tristan.

»Ja, da haben Sie wohl Recht.« Büdenbender sah verlegen ins Zimmer und erblickte Marlowe. »Ihm geht es auch gut?«

»Der Regen hat ihm nicht geschadet«, antwortete Tristan.

»Gut, wirklich gut. Dann will ich mal nach unten gehen.«

Büdenbender ging zur Tür. Tristan stand auf und begleitete den Staatsanwalt an die Tür. Dort fiel sein Blick auf das Nachtschränkchen, auf das er die Sachen aus seiner nassen Hosentasche gelegt hatte.

»Herr Büdenbender«, sagte er plötzlich nachdenklich, »eine Frage hätte ich noch.«

»Ja?«

»Haben Sie mit jemandem über das heutige Mittagessen im Wald gesprochen?«

Die Frage verwirrte den Staatsanwalt. Er überlegte einen Moment und nannte dann einen Namen. »Ist es wichtig?«

»Weiß ich noch nicht«, log Tristan.

»Gut, dann sehen wir uns unten.« Der Staatsanwalt verließ das Zimmer.

Tristan schlenderte in Gedanken versunken zurück an den Tisch und notierte den Namen.

»Das macht alles keinen Sinn«, seufzte er schließlich und klappte das Notizbuch zu.

5

Pfeiffer kippte bereits das dritte Glas Bier herunter, als ihn Holzbaum in der Menge an der Theke ausfindig machte.

»Hallo, Chef«, grüßte er, »du solltest die Klamotten wechseln.«

»Später«, nuschelte der Hauptkommissar. »Noch eins!«

Er wedelte dem Kellner mit dem leeren Glas zu.

»Es wird frisch und du könntest dich erkälten«, mahnte Holzbaum besorgt.

»Danke, Mama, aber mir ist nicht kalt.«

Der Kellner stellte das frische Bier auf den Tresen.

»Weißt du was«, lallte Pfeiffer, nachdem er das vierte Bier ebenfalls in einem Schluck leerte, »unser Job ist grausam.«

»Chef, du solltest aufs Zimmer gehen.« So niedergeschlagen hatte Holzbaum Pfeiffer noch nie gesehen.

»Ja, richtig grausam«, artikulierte er mit seiner Zunge, die Achterbahn fuhr.

»Was ist denn passiert?« wollte Holzbaum wissen, der sich Pfeiffers plötzlichen Absturz nicht erklären konnte.

»Es war Mord«, lallte der Hauptkommissar, »und wir haben zugeschaut, Holzbaum. Einfach zugeschaut.«

»Komm, Chef«, mahnte der Kommissar, »hier ist nicht der richtige Ort, um das zu besprechen.«

Das sah der Polizist ein und kletterte umständlich vom Barhocker.

Holzbaum führte ihn auf ihr Zimmer, wo Pfeiffer mühsam seine nassen Klamotten auszog und ihm berichtete.

»So, jetzt weißt du alles«, stieß er aus und ließ sich aufs Bett fallen. »Ich muss schlafen.«

Das waren wirklich Neuigkeiten, dachte Holzbaum, dann geriet er für einen Moment in Panik. Er dachte an Nadine und an die anderen Gruppenmitglieder, die plötzlich Opfer und Täter sein konnten. Es galt weiterhin, Nadine zu schützen und sie im Auge zu behalten. Holzbaum blickte auf seinen Chef, der bereits eingenickt war, dann verließ er das Zimmer.

Er musste unbedingt mit Tristan darüber reden.

Der Detektiv schien ebenfalls bedrückt zu sein, als Holzbaum ihn im Hotelzimmer besuchte.

»Pfeiffer hat sich betrunken«, sagte Holzbaum, nachdem ihn Tristan eingelassen hatte.

»Kann ich ihm nicht übel nehmen«, meinte der Detektiv niedergeschlagen. »Es gibt weder einen vernünftigen Hinweis noch ein Motiv für die Taten. So etwas habe ich in meiner Laufbahn als Detektiv noch nicht erlebt.«

»Aber wir haben zwei Tote und einen versuchten Mord«, antwortete Holzbaum ernst. »Jemand da draußen hat ein starkes Interesse, gewisse Leute tot zu sehen.«

»Was sagten Sie gerade?« Tristan stand auf und nahm sein Notizbuch.

»Meinen Sie das mit den zwei Toten oder …?« Der Kommissar verfolgte verdutzt, was Tristan machte.

»… gewisse Leute«, antwortete Tristan, »das meinte ich.«

Er blätterte schnell im Notizbuch herum, dann hielt er inne und rief: »Aber natürlich!«

Holzbaum verstand gar nichts und sah ihn verwirrt an.

»Sehen Sie hier«, erklärte der Detektiv. »Wer wurde angegriffen?«

»Polizeibeamte«, meinte Holzbaum kopfschüttelnd. »Das wissen wir doch.«

»Sehen Sie genauer hin«, forderte er den Polizisten auf, »fällt Ihnen nichts auf?«

Holzbaum las nochmals die Namen auf dem Blatt.

»Es sind fünf statt sieben Namen«, sagte er schließlich.

»Richtig«, Tristan schlug das Notizbuch zu. »Waltraut erzählte mir, dass diese Gruppe sich regelmäßig trifft und gemeinsam etwas unternimmt.«

»Sie meinen«, Holzbaum überlegte laut, »der Mörder ist hinter der Clique her?«

»Ja«, nickte der Detektiv, »davon bin ich überzeugt.«

Holzbaum wischte sich mit der rechten Hand durchs Haar. Er sah nicht überzeugt aus.

»Da passt etwas nicht«, warf er schließlich ein. »Wenn der Mörder hinter den Freunden her ist, dann passt der letzte Mord nicht ins Bild.«

»Erklären Sie das genauer«, bat Tristan.

»Unter den Bäumen hätte es jeden von den dreien, also Uwe, Gerd und Paul treffen können. Es war nicht vorhersehbar, wo der Blitz einschlagen würde. Selbst wenn der Mörder von der versteckten Tränke wusste, war das ein Lotteriespiel und kein geplanter Mord.«

Tristan setzte sich aufs Bett und dachte darüber nach.

»Sie haben Recht«, musste der Detektiv einsehen. »Wenn wir davon ausgehen, dass der Mörder außerhalb der genannten Gruppe zu suchen ist, dann wären Gerd oder Uwe ein selbstmörderisches Risiko eingegangen, sich ebenfalls unter die Bäume zu stellen. Es sei denn«, strahlte der Detektiv, »wir schließen Gerd und Uwe als Tatverdächtige aus.«

Holzbaum sah ihn mit großen Augen an. »Das würde bedeuten, dass außer Nadine jeder, der bei der Hütte geblieben ist, zum Täterkreis gehört.«

Tristan blickte Holzbaum ernst an und nickte.

6

Der Biergarten füllte sich unaufhaltsam. Ein stetiger Lärmpegel drang von draußen in das

Restaurant. Büdenbender fragte nach einem ruhigeren Platz, und man verwies ihn in einen Nebenraum.

»Wird das gehen?« fragte der Wirt.

Der Raum war schlicht eingerichtet, reichte aber für die Besprechung völlig aus.

Büdenbender nickte und fragte: »Würden Sie den anderen Bescheid geben?«

»Kein Problem«, sagte der Wirt. Beim Verlassen des Raumes fragte er: »Möchten Sie an der Feier heute Abend teilnehmen?«

»Ich denke nicht«, antwortete Büdenbender. »Sie haben ja sicherlich von dem Unglück gehört.«

»Ja, schlimme Sache.« Der Wirt blieb in der Türe stehen, als könne er sich nicht entschließen den Raum zu verlassen.

»Ist noch etwas?« fragte Büdenbender.

»Wegen des Festes«, druckste der Wirt herum.

»Ja!«

»Es wird laut und spät werden«, sagte er schließlich. »Eine ruhige Nacht kann ich Ihnen heute nicht garantieren.«

»Schon in Ordnung, solange die Küche offen ist«, antwortete der Staatsanwalt.

»Kein Problem«, lächelte der Wirt, »das Restaurant hat seinen normalen Betrieb.«

»Ich werde es den anderen sagen.«

»Wenn Sie doch noch mitfeiern möchten, kommen Sie einfach vorbei.«

Der Wirt ließ den Staatsanwalt allein zurück.

Wenig später trat Chantal als Erste ein.

»Alles in Ordnung mit dir?« fragte sie besorgt, als sie Büdenbender nachdenklich am Tisch sitzen sah.

»Mir geht es den Umständen entsprechend gut«, antwortete er, immer noch in Gedanken.

»Was hat Otterbach wegen deines Vorschlages, die Wanderung fortzusetzen, geantwortet?«

»Er will sie abbrechen«, stöhnte er.

»Ganz meine Meinung«, erwiderte sie schnippisch.

»Wir haben das doch besprochen«, antwortete der Staatsanwalt einen Ton zu laut. »Es muss weitergehen.«

In dem Moment trat Otterbach zusammen mit Daniela ein.

»Immer noch der gleichen Meinung?« rief Otterbach barsch.

»Ja«, nickte der Staatsanwalt.

»Dann wollen wir hören, was die anderen zu sagen haben«, knurrte der Landrat.

Otterbach gefiel es gar nicht, dass Büdenbender weitermarschieren wollte. Er dachte an seinen Ruf, und wie die Öffentlichkeit die Tatsache aufnehmen würde, dass die Wanderung nach zwei Todesfällen fortgesetzt wurde. Das sah nicht gut aus, es hatte seiner Meinung nach sogar etwas Verruchtes, etwas Herzloses an sich. Er konnte nur hoffen, dass die Polizisten das ähnlich sehen würden.

Nach und nach trafen die Wandergesellen ein.

»Wo ist Pfeiffer?« fragte Büdenbender, nachdem alle Überlebenden anwesend waren.

»Er duscht noch«, log Holzbaum ungeniert für seinen Chef, »wir sollen schon mal anfangen.«

»Gut«, rief Büdenbender und gab damit das Zeichen, alle Gespräche einzustellen. »Ich will es kurz machen. Es war ein anstrengender Tag, aber wir müssen entscheiden, ob der Ausflug hier endet oder ob wir noch weiter bis zum Rhein-Weser-Turm gehen.«

»Ich bin der Meinung«, fuhr ihm Otterbach ins Wort, »dass wir hier abbrechen sollten. Es steht kein guter Stern über diesem Ausflug. Wir sollten kein weiteres Risiko eingehen.«

»Das habe ich bereits Kommissar Holzbaum gesagt, das mit dem bösen Stern«, warf Daniela als Erste ein. »Aber Holzbaum hat auch gesagt, dass ein Lottogewinn wahrscheinlicher wäre, als vom Blitz getroffen zu werden. Ja, wir haben Pech gehabt. Besser gesagt: unsere beiden Kollegen, aber«, sie sah sich in der Runde um und versuchte die Stimmung einzuschätzen, »wir würden auch nicht unseren Dienst quittieren, wenn dies im Dienst passiert wäre!«

»Du hast Recht«, sagte Uwe müde, »es war eine Dummheit, unter die Bäume zu rennen. Jedem Kind erzählt man, dass man das bei einem Gewitter nicht macht. Es war unser Fehler. Wir sollten das hier zu Ende führen.«

»Es ist nicht ehrenrührig, wenn man sich geschlagen gibt«, meinte Otterbach bissig, »aber es ist dumm, wenn man in den Tod rennt, obwohl man keine Chance hat.«

»Wir befinden uns auf einem Wanderweg«, mischte sich Mike ein. »Es gibt keine Gefahr außer unserer eigenen Dummheit. Das haben wir jetzt zweimal bewiesen, das sollte aufhören.«

»Ich stimme Mike zu«, sagte Gerd. »Wir waren leichtsinnig, aber das müssen wir jetzt nicht noch durch einen Abbruch der Wanderung jedem klar machen.«

»Was meinen Sie?« Otterbach sah die beiden Polizeikommissarinnen an.

»Ich gehe weiter«, antwortete Nadine entschieden.

»Bin der gleichen Meinung«, schloss sich Waltraut an.

»Und wie sehen Sie das, Herr Irle?« Otterbachs letzte Chance war es, dass der Detektiv seinem Ansinnen positiv gegenüberstand. Leider kannte der Landrat nicht alle Fakten.

»Nun, meine Freundin erwartet mich in ihrer Pension«, lächelte Tristan, »ich werde also bis zum Giller mitwandern.«

Büdenbender atmete erleichtert aus. »Damit wäre es wohl entschieden. Die Mehrheit ist fürs Weitergehen.«

»Mir gefällt das nicht«, schnaufte der Landrat, »ganz und gar nicht!«

»Werden Sie mitgehen oder hier aussteigen?« fragte Nadine herausfordernd.

»Der Kapitän, liebe Kommissarin«, antwortete er laut, »verlässt als Letzter das Schiff, selbst dann, wenn es eine Meuterei gegeben hat.«

Damit war es entschieden, die Wanderung ging am nächsten Tag weiter.

7

»Das war eine nette Show«, sagte Mike und setzte sich neben Tristan.

Das Restaurant war wegen des Festes gut gefüllt. Damit die Gruppe zusammensitzen konnte, hatte der Wirt eine Anzahl von Tischen zusammengestellt. Bis auf Pfeiffer, der weiterhin in seinem Zimmer schlief, saßen alle beisammen.

»Was für eine Show meinen Sie?« fragte Tristan, der gerade dabei war, die Speisekarte zu lesen.

»Die vom Landrat eben«, erklärte der Ranger.

»Er ist nur besorgt«, antwortete der Detektiv.

»Das sind wir doch alle«, meinte Mike und schielte zu Tristan. »Brauchen Sie die Speisekarte noch?«

»Bitte«, Tristan reichte ihm die Karte. »Herr Holzbaum sagte mir, dass Sie sich die Strecke genau angesehen haben.«

»Ja, das gehört zu meinem Job«, antwortete er und schlug die Karte auf.

»Darf ich Sie etwas fragen?« Tristan musterte den Ranger von der Seite.

»Ja, bitte«, Mike sah nicht auf.

»Wie gut kennen Sie sich um Heiligenborn aus?«

»Gut genug, um von der Hütte zu wissen«, lächelte er, weiter in die Karte blickend.

»Wie oft sind Sie die Strecke schon gewandert?« hakte Tristan nach.

»Mehr als ein Dutzend Mal bestimmt schon«, antwortete er stolz. »Ich meine natürlich die ganze Strecke, nicht nur den kleinen Teil, den wir zurücklegen.«

»Hm«, nickte Tristan und fügte gedankenverloren hinzu, »das ist beeindruckend.«

»Danke«, lächelte Mike, »für was haben Sie sich entschieden?«

Tristan verstand nicht sofort, was Mike meinte.

»Wegen des Essens«, grinste er. »In Gedanken, was?«

»Oh, entschuldigen Sie, ich nehme das Hirschragout«, antwortete er.

»Ausgezeichnete Wahl«, lobte Mike, »das machen sie hier besonders gut. Ich nehme die Kaninchenspieße. Wo ist eigentlich Ihr Vogel?«

»Oh, Marlowe ist oben im Zimmer«, erklärte Tristan. »Die vielen Menschen und die Aufregung heute sind zu viel für ihn.«

»Und er verwüstet das Zimmer nicht?« grinste Mike und fügte schnell hinzu. »Kommissar Holzbaum machte so ein paar Andeutungen.«

»Nein, er ist brav«, erwiderte Tristan und lächelte unsicher, »das will ich jedenfalls hoffen.«

Die Kellnerin nahm die Bestellung auf und verteilte die ersten Getränke. Von draußen drang Blasmusik ins Restaurant, was eine Unterhaltung immer schwieriger gestaltete. Generell war die Stimmung am Tisch gedämpft. Der Tag zeigte in den Gesichtern deutliche Spuren, und nur vereinzelt lachte jemand. Für viele war es eine Erlösung, als das Essen serviert wurde.

»Herr Irle, gehen Sie noch mit auf das Fest?« fragte Nadine, nachdem sich die Runde aufgelöst hatte.

»Nein, danke«, sagte Tristan. »Ich sehe nach Marlowe.«

»Ist wohl nicht ganz Ihre Musik«, scherzte Waltraut und blickte zur Blaskapelle.

»Nun«, Tristan sah die Kommissarin über den Rand seiner Brille an, »etwas andere Musik wäre mir in der Tat lieber.«

»Dann schlafen Sie gut«, zwinkerte Nadine, »wir haben noch etwas vor.«

»Lassen Sie die Männer in Ruhe«, scherzte Tristan.

»Die Männer sicher«, erwiderte Nadine und schielte zu Mike, der etwas abseits auf die beiden wartete. »Den Mann, na, mal sehen!«

»Da habe ich noch ein Wörtchen mitzureden«, warf Waltraut ein.

»Nun denn, Weibmanns Heil, oder sollte ich besser sagen, Weibfrau Heil«, grinste Tristan schelmisch.

»Sie sind mir einer«, lachte Nadine und verabschiedete sich.

6. Die Füße taten ...

Freitagabend – Lahnquelle

Die Füße taten ihm weh, und so war Tristan froh, endlich die Wanderschuhe ausziehen zu können. Marlowe hatte sich ruhig verhalten. Momentan döste er auf der Stuhllehne vor sich hin. Tristan nahm das Notizbuch vom Tisch und schaltete den kleinen Fernseher an, der in einer Ecke stand. Es dauerte eine Weile, bis er begriffen hatte, wie die Fernbedienung funktionierte, schließlich stellte er einen Sender ein, der gerade eine Boulevardsendung ausstrahlte.

»Genau das Richtige, um abzuschalten«, sprach der Detektiv und streckte sich im Bett aus.

Marlowe missbilligte den Lärm mit einem dumpfen Brummen, blieb aber ansonsten ruhig auf der Stuhllehne sitzen. Tristan verfolgte das Treiben der Schönen und Reichen und nickte dabei leicht ein. Er hätte wahrscheinlich die ganze Nacht durchgeschlafen, wäre draußen nicht von einem ambitionierten Posaunisten ein schreckliches Solo geblasen worden, das mit einem dröhnenden Kavalleriesignal endete.

Erschreckt zuckte Tristan zusammen und sah sich verstört um. Für einen Augenblick wusste er nicht, wo er war. Doch dann kam die Erinnerung wieder, und er blickte verschlafen auf den Fernseher, aus dessen Lautsprecher gerade mitgeteilt wurde, dass sich der Jackpot-Gewinner des Mittwochs-Lottos immer noch nicht gemeldet hatte. Es folgte ein Bericht über eine Gewitterfront, die zwei Tote gefordert und erheblichen Sachschaden angerichtet hatte.

Tristan wurde schlagartig wach.

Der Blitz, so eine Reporterin, traf zwei Fußballspieler, die es nicht für ratsam hielten, in Sicherheit zu gehen. Es folgte eine Reihe von Regeln, die man bei einem Gewitter beachten sollte. Mit Bedauern musste Tristan zuhören, wie man den Tod des Polizisten hätte verhindern können. Zum Schluss wies die Reporterin nochmals darauf hin, dass es wahrscheinlicher sei, im Lotto zu gewinnen als vom Blitz getroffen zu werden. Und mit einem geschminkten Lächeln wünschte sie den Zuschauern dann einen fetten Lottogewinn.

Traurig schaltete er den Fernseher ab. Für einen Moment starrte er noch auf die schwarze Mattscheibe, dann widmete er sich erneut seinen Notizen. Irgendwo hatte er etwas übersehen, etwas, das ihm als Ansatz dienen könnte, um endlich in eine bestimmte Richtung ermitteln zu können. Er blätterte langsam die Seiten um, als ihm ein Wort ins Auge fiel. Es wirkte in seinen grauen Zellen wie ein Feuerwerk. Plötzlich hatte er eine Ahnung von dem, was vorgefallen sein könnte.

»Das kann doch nicht sein!« murmelte er und überprüfte weitere Eintragungen. »Nein, so einfach kann es doch nicht sein!«

Wie elektrisiert stand er auf und suchte sein Handy. Er wühlte den Inhalt des Rucksackes um, bis er es endlich fand. Erstaunt stellte er fest, dass es eingeschaltet war.

»Oh!« stieß er aus und sah sich die Akkuanzeige an.

»Ist das Ding jetzt geladen oder schon wieder leer?« brummte er und betrachtete einen grünen Balken, der eigentlich eher ein Strich war und für die Kapazität des Akkus stand. »Ach, egal!« fluchte er.

Tristan tippte die Nummer der Auskunft und ließ sich mit dem Hotel in Holzhausen verbinden. Im Hintergrund ertönte in gleichmäßigen Abständen ein Piepton, den er ignorierte.

»Guten Abend«, sprach er freundlich in das Mikrofon, als in Holzhausen das Telefon abgenommen wurde. Er stellte sich kurz vor und war ganz angetan, als sein Telefonpartner wusste, wer er war. Das erleichterte ihm seine Arbeit, und so fragte er gerade heraus: »Ich rufe an, weil ich etwas recherchiere. Können Sie sich noch an Mittwochabend erinnern?«

Der Hotelbesitzer konnte sich natürlich daran erinnern.

»Gut«, sagte Tristan. »Haben Sie Martin Mockenhaupt, den Verunglückten, beim Fernsehen beobachten können?«

Der Mann bestätigte dies.

»Das, was ich Sie jetzt frage«, Tristans Stimme wurde ernst, »ist äußerst wichtig. Hat Mockenhaupt allein ferngesehen oder saß jemand bei ihm?«

Es dauerte einen Moment, bis sein Gesprächspartner antwortete, doch was er Tristan schließlich mitteilte, war mehr als der gesuchte Ansatz. Der Detektiv erkundigte sich noch nach weiteren Details und bedankte sich schließlich herzlich für die Auskunft, bevor er das Gespräch beendete.

»Jetzt habe ich dich«, flüsterte er bissig und wollte ein weiteres Telefonat führen, doch das machte der Akku nicht mehr mit.

»So ein Mist«, fluchte er erneut und schmiss das Handy aufs Bett. »Wo sind meine Schuhe?«

Für Marlowe wurde es jetzt endgültig zu unruhig im Zimmer.

Er krächzte: »So geht's in diesem Hause her. / Man möchte fast erschrecken. / Auch ist's beweglich, aber mehr / Noch als das Haus der Schnecken.«

»Willst du mitkommen?« fragte Tristan und hielt ihm seinen Arm hin.

Marlowe entschied, sitzen zu bleiben.

»Gut«, nickte Tristan und verließ mit offenen Schuhen sein Zimmer.

2

»Wusstet ihr, dass diese Straße da über 2000 Jahre alt ist?« sagte Mike und deutete auf die Eisenstraße.

»Dafür hat sich der Straßenbelag aber gut gehalten«, erwiderte Nadine grinsend.

»Ja, ja, die alten Kelten wussten schon, wie man Straßen bauen musste.« Mike sah die Kommissarin nachdenklich an. »Keine weiteren Informationen?«

»Ja!« nickte sie.

»Und die schöne Waltraut?« Er wandte sich an Nadines Freundin. »Wünschst du noch etwas Aufregendes über diese alte Straße zu erfahren?«

»Nein«, schüttelte Waltraut den Kopf.

»Ihr seid langweilig«, sagte Mike beleidigt. »Aber wer bin ich, dass ich schönen Frauen einen Wunsch abschlage? Apropos, möchte jemand noch etwas trinken?«

»Jetzt gefällst du mir«, hauchte Nadine, »noch ein Bier, bitte.«

»Waltraut?«

»Danke, ich habe noch!«

Die drei hatten einen Tisch nahe der Lahnquelle ergattert. Der Abstand zur Musikkapelle betrug an diesem Tisch die maximale Weite. Wer noch weiter weg vom Blaskapellenspiel sein wollte, hätte das Fest verlassen müssen. Leider befand sich die Theke in der Nähe der Kapelle, was lange Wege unausweichlich machte.

»Und?« fragte Nadine ihre Freundin, »bist du bereit für den Wettstreit?«

»Nach dem, was heute passiert ist?« Waltraut sah ihre Freundin entgeistert an. »Ich weiß nicht.«

»Egal, was wir machen«, antwortete Nadine ernst, »davon wird Paul auch nicht lebendig.

Außerdem könnte ich ein wenig Trost gebrauchen. Du nicht?«

Waltraut lächelte. »Er hat ja einen wirklich schönen Knackarsch.«

»Und den willst du mir kampflos überlassen?« staunte Nadine. »Das finde ich wirklich eine noble Geste. So einfach hast du es mir bei Mockenhaupt nicht gemacht.«

»Also«, zögerte Waltraut und sah Nadine böse an, »das war etwas ganz anderes.«

»So?« grinste Nadine. »Ich habe damals gewonnen. Hat sich echt gelohnt.«

Nadine bemerkte Waltrauts Stimmungsänderung. Wenn sie noch ein bisschen hetzen würde, dachte sie, könnte der Abend noch interessant werden.

»Also«, fragte sie entschlossen, als sie Mike, mit zwei Gläsern Bier balancierend, auf ihren Tisch zukommen sah, »was ist? Bist du dabei?«

»Manchmal kannst du unausstehlich sein«, zischte Waltraut, und es klang überhaupt nicht freundlich, »aber so leicht mache ich es dir heute Abend nicht.«

»Na, dass ist doch mal ein Wort«, erwiderte Nadine.

»Pass nur auf, dass es dich nicht erwischt«, drohte Waltraut, und für einen Moment erstarrten ihre Gesichtszüge. Doch das bekam Nadine nicht mit, sie lächelte versonnen den Ranger an, der ihren Tisch erreichte.

3

Tristan klopfte fest gegen Pfeiffers Zimmertür. Es hatte einige Mühen gekostet, herauszubekommen, welche Zimmernummer die beiden Kriminalpolizisten hatten. Die ganze Hotelmannschaft schien sich auf dem Fest herumzutreiben.

»Wer macht da so einen Krach?« rief jemand von drinnen.

»Ich bin's«, antwortete Tristan, »machen Sie auf!«

Pfeiffer öffnete verschlafen die Tür.

»Sie?« stöhnte der Hauptkommissar, »was wollen Sie?«

»Zuerst einmal eintreten«, lächelte der Detektiv.

Pfeiffer schob die Tür auf. »Bitte!«

»Wo ist Holzbaum?« fragte Tristan, als er den schwergewichtigen Beamten nicht vorfand.

»Keine Ahnung«, brummte Pfeiffer. »Kann ich helfen?«

Tristan überlegte, ob sie zusammen Holzbaum suchen sollten, entschied sich jedoch dagegen.

»Ich ahne, wer unser Killer ist«, sagte er und setzte sich auf einen Stuhl.

Pfeiffer sah ihn verdutzt an.

»Hatten Sie eine Eingebung?« knurrte der Kommissar.

»So etwas Ähnliches«, lächelte er. »Wollen Sie mir zuhören?«

»Mein Kopf tut weh«, maulte Pfeiffer, »und ich habe Hunger. Aber das alles wird Sie nicht daran hindern, mir Ihre Geschichte *jetzt* zu erzählen. Stimmt's?«

»Da können Sie von ausgehen«, grinste Tristan.

Pfeiffer ließ sich auf dem Bett nieder.

»Also, dann los«, stöhnte er.

Tristan begann dem Hauptkommissar von den Aktivitäten der Polizeigruppe zu erzählen, denen die fünf Beamten um Mockenhaupt angehörten. Dass sie zusammen Fußball ansahen, bowlen gingen und eine Tippgemeinschaft unterhielten.

»Das ist sehr interessant«, meinte Pfeiffer gelangweilt. »Wollen Sie mit Holzbaum und mir eine Tippgemeinschaft aufmachen?«

»Nein, das ist meiner Meinung nach Geldverschwendung«, antwortete Tristan, ohne sich von Pfeiffer provozieren zu lassen. »Aber worauf ich hinaus will, ist, dass von den fünf nur drei zusammen tippten. Gerd, der nach dem Techtelmechtel zwischen Nadine Fischbach und Martin Mockenhaupt die Clique verließ, fiel raus. Und wie mir Waltraut mitteilte, hält auch sie nichts vom Lottospiel.«

»Schön, dann bleiben drei übrig«, nickte Pfeiffer.

»Ja«, nickte Tristan und wartete.

»Ach du Scheiße«, dämmerte es Pfeiffer plötzlich. »Zwei von denen sind tot und …«

»… und Nadine wäre es fast auch schon«, vollendete Tristan Pfeiffers Gedankengang.

»Gut«, Pfeiffers Kopfschmerzen schienen sich zu verflüchtigen, »ein Lottoschein ist erst mal nur ein Stück Papier. Solange man nicht gewinnt.«

»Richtig«, nickte Tristan. »Aber vorhin habe ich im Fernsehen mitbekommen, dass der Jackpot des Mittwochslottos geknackt wurde und sich noch kein Gewinner gemeldet hat.«

»Sie glauben, dass die Tippgemeinschaft gewonnen hat?« Pfeiffer schüttelte ungläubig seinen Kopf.

»Ja, das denke ich«, erwiderte Tristan, »und wir können das herausbekommen.«

»Wie?« fragte Pfeiffer.

»Mockenhaupts Sachen«, antwortete Tristan. »Sie haben doch alle seine Sachen eingesammelt?«

»Ja, sie sind nach Siegen zur Wache gebracht worden«, nickte der Hauptkommissar.

»Wir brauchen nur nachsehen zu lassen«, meinte Tristan und sah Pfeiffer über den Rand seiner Halbbrille an.

»Sie schauen so komisch«, brummte Pfeiffer. »Was denken Sie?«

»Ich glaube, dass wir keine Quittung finden«, lächelte Tristan.

4

Es wurde frisch, als die Sonne langsam hinter dem Horizont versank. Der Feierlaune tat dies keinen Abbruch, und so blies die Kapelle weiterhin Schunkellieder in die Abenddämmerung. Die drei Wandergesellen hatten sich erfolgreich gegen jeden Versuch, sich ins Feiergeschehen mit einbeziehen zu lassen, gewehrt und wurden nun in Ruhe gelassen. Leider auch von der Kellnerin. Mike war für sie eingesprungen und sorgte für einen stetigen Nachschub an alkoholischen Getränken.

Als er wieder einmal mit einem Tablett voller Biergläser an ihren Tisch zurückkam, fiel ihm auf, dass der plötzliche Temperatursturz einen feinen Bodennebel aufsteigen ließ.

»Seht mal«, sagte er und deutete auf eine angrenzende Weide, aus deren Boden der Nebel zu wachsen schien.

Nadine schüttelte sich bei diesem Anblick und sah Mike erwartungsvoll an.

»Es wird kalt«, sagte sie schlotternd und sah auffordernd zum Ranger hinüber.

Oh, nein, dachte Waltraut und fuhr ihr in die Flanke. »Nimm meine Jacke, die hält dich warm.«

»Und du?« rief Nadine verärgert.

»Ich friere ja nicht so leicht wie du«, grinste sie, »außerdem habe ich einen dicken Pulli dabei.«

»Ist das nicht unheimlich?« sagte Mike, als ginge ihn Nadines eindeutige Offerte nichts an. Er sah immer noch auf die Weide.

»Hast du so etwas noch nie gesehen?« fragte Nadine ein klein wenig pikiert und blickte achselzuckend zu Waltraut, die ebenfalls den Kopf schüttelte.

»So eindrucksvoll noch nicht«, antwortete er. »Einmal auf der Jagd, es war oben im Sauerland, da gab es ein ähnliches Naturphänomen.«

»Man stelle sich jetzt die Menschen im Mittelalter vor«, warf Waltraut ein, »die würden denken, dass böse Geister aus der Wiese aufsteigen.«

»Vielleicht tun sie das ja«, antwortete Nadine scharf und sah ihre Freundin wütend an.

Waltraut ignorierte sie und versuchte ihr Glück, indem sie Mike fragte: »Was hast du denn schon alles geschossen? Ich meine, als Förster, wenn du verstehst, was ich meine.«

Mike nickte und grinste selbstbewusst.

»Nur das Übliche«, antwortete er gelassen, »ein wenig Rotwild, Niederwild und Kätzchen.«

»Du jagst Kätzchen!« entsetzte sich Nadine und verstand zu spät, dass Mike einen Scherz machte.

»Hallo, Kommissarin«, grinste Waltraut amüsiert, »ein Synonym für …«

»… dumme Weiber, wie ich eins bin«, nuschelte sie beschämt.

»Ihr seid mir schon zwei«, meinte Mike und verteilte volle Biergläser. »Lasst uns trinken!«

Die drei stießen an.

»Willst du uns betrunken machen?« fragte Waltraut herausfordernd. »Wenn ja, dann musst du aber selbst was wegstecken können.«

»Niemand will hier jemanden betrunken machen«, lächelte Mike scheinheilig.

»Na denn«, nickte Waltraut. »Prost!«

5

Tristan und Pfeiffer fanden Holzbaum im Biergarten, nachdem sie fast jedes Zimmer der Wandergesellen aufgesucht hatten. Sie staunten, dass Daniela und Chantal dem schwergewichtigen Kommissar Gesellschaft leisteten. Die drei schunkelten gerade, als Pfeiffer seinem Kollegen auf die Schulter klopfte. Bei dem Lärm, den die Kapelle von sich gab, konnte man kein ordentliches Wort wechseln. So bat Pfeiffer den Kommissar mit allerlei Handzeichen ihm zu folgen.

Tristan hatte unterdessen den Biergarten nach Nadine abgesucht. Da er sie nicht auf ihrem Zimmer angetroffen hatte, hoffte er sie im Biergarten zu finden. Als er endlich ihren Kopf in der Menge ausfindig machte, beruhigte ihn die Tatsache, dass sie nicht allein saß. Was ihm absolut nicht gefiel, war die Lage des Tisches. Es waren nur ein paar Meter hin zur Quelle oder hinaus auf die Weide, die langsam im Bodennebel versank.

Eine optimale Position, um ein Opfer zu verschleppen.

Holzbaum und Pfeiffer waren unterdessen ins Restaurant geflüchtet. Tristan sah sich nach den Kommissaren um und folgte ihnen.

»Was ist los?« fragte Holzbaum viel zu laut.

»Sprich leiser«, maulte Pfeiffer, »wir sind noch nicht schwerhörig.«

Tristan grüßte Holzbaum, als er ins Restaurant trat.

»Irle hat die Lösung gefunden«, brummte Pfeiffer.

»Was für eine Lösung?« Holzbaum sah Tristan fragend an.

»Wir ahnen, weshalb es die Morde gab«, antwortete Tristan und erklärte Holzbaum die Lage. »Wir brauchen jemanden, der zur Wache fährt und Mockenhaupts Sachen untersucht.«

»Ich hab schon einen Streifenwagen herbestellt«, sagte Pfeiffer. »Du fährst nach Siegen.«

»Aber warum lassen wir nicht einen Kollegen nachsehen?«

»Weil wir sicher sein wollen, dass alles mit rechten Dingen zugeht und nichts verloren wird«, antwortete Pfeiffer. »Außerdem soll noch keiner unserer Kollegen etwas erfahren.«

»In Ordnung«, nickte Holzbaum, »und was werdet ihr in der Zeit unternehmen?«

»Wir werden uns von Büdenbender ein Okay holen«, grinste Pfeiffer, »um ein Zimmer gründlich zu untersuchen.«

»Was geschieht mit Nadine?« fragte Holzbaum besorgt, »sie ist immer noch in Gefahr.«

»Momentan ist sie nicht allein«, antwortete Tristan, »was sie einigermaßen schützt.«

»Sollten wir sie nicht warnen?« meinte der Kommissar.

»Wir dürfen keine Aufmerksamkeit erregen«, sagte Pfeiffer ernst.

Tristan stimmte dem Hauptkommissar zu. »Erst wenn wir alle Beweise zusammen haben, können wir zuschlagen, ohne dass uns die Zielperson noch durch die Lappen geht.«

»Verstehe«, antwortete Holzbaum.

»Lasst uns nach draußen auf die Straße gehen«, schlug Pfeiffer vor. »Ich habe den Kollegen gesagt, sie sollen unauffällig vorfahren.«

Sie verließen das Restaurant.

Die Eisenstraße führte nur einige Meter am alten Forsthaus vorbei. Straßenlaternen gab es nur vereinzelt, und so verlor sich der schwarze Teerstreifen in der Dunkelheit der Nacht.

»Mann, ist das hier unheimlich«, stöhnte Pfeiffer und steckte sich eine Zigarette an.

»Wissen Sie«, begann Holzbaum leise zu sprechen, »wenn Sie richtig liegen, dann ist das wohl das Hinterhältigste, was mir bis jetzt über den Weg gelaufen ist.«

»Schlimmer kann man das Vertrauen von Freunden nicht missbrauchen«, sagte Tristan angewidert.

»Freunde?« schüttelte Pfeiffer den Kopf. »So jemand weiß gar nicht, was Freundschaft bedeutet.«

Zwei Autoscheinwerfer näherten sich langsam dem Hotel.

»Das dürfte der Wagen sein«, sagte Holzbaum.

Kurz darauf hielt der erwartete Steifenwagen neben den Männern. Die Scheibe an der Beifahrertür wurde heruntergelassen.

»Sie hatten ein Taxi bestellt«, grüßte ein freundlicher Streifenpolizist.

»Dann viel Glück«, sagte Tristan und fügte hinzu: »Auch wenn Sie es überhaupt nicht mögen zu rasen, beeilen Sie sich, bitte.«

»Das werde ich«, antwortete Holzbaum entschlossen, »und wenn ich mir die Augen zuhalten muss. Wir werden fliegen!«

Holzbaum stieg ein.

6

Staatsanwalt Büdenbender und Landrat Otterbach saßen in dem kleinen Nebenraum bei einem Glas Bier zusammen.

»Ist nicht ganz so gelaufen«, sagte Otterbach, »wie wir uns das wünschten, was?«

»Kann man wohl sagen«, stöhnte Büdenbender.

»Glauben Sie immer noch daran«, fuhr Otterbach nachdenklich fort, »dass dieser Mockenhaupt gestolpert ist?«

»Wissen Sie, Herr Landrat«, antwortete Büdenbender, ganz Staatsanwalt, »Glauben ist in meinem Beruf nicht gerade positiv belegt. Wir halten es da eher mit handfesten Beweisen oder stichhaltigen Indizien.«

»Indizien können stichhaltig sein?« wunderte sich der Politiker.

»Nun ja, sie können überzeugend sein«, lächelte Büdenbender schief. »Das Dilemma in meinem Job ist es, dem Verdächtigen die Schuld zu beweisen.«

»Das ist kein Dilemma«, entgegnete Otterbach barsch, »das ist eine Errungenschaft. Sie stellt unser Gemeinwesen auf das Fundament, das wir gemeinhin als Rechtsstaat bezeichnen. Das möchte ich nicht missen.«

»Im Prinzip gebe ich Ihnen Recht«, Büdenbender nippte an seinem Bierglas, »aber es gibt Fälle, da wissen Sie, dass Sie den Richtigen auf der Anklagebank sitzen haben, aber es fehlen Ihnen die Beweise, um ihn hinter Gitter zu bringen. In diesen Momenten wünschte ich mir mehr Mittel.«

»Das kann ich nachvollziehen«, stimmte Otterbach zu, »aber Wissen sollte belegbar bleiben und nicht durch ein Gefühl oder Glauben ersetzt werden, sonst landen wir wieder im Mittelalter.«

»Den Opfern oder deren Hinterbliebenen ist das leider nicht immer Trost«, meinte Büdenbender niedergeschlagen.

Otterbach leerte sein Glas und grinste dann den Staatsanwalt amüsiert an.

»Was ist?« fragte dieser überrascht.

»Sie haben meine Frage nicht beantwortet«, sagte Otterbach. »Sie wären für die Politik geeignet.«

»Nun, vorgestern habe ich Ihre Frage mit einem Ja beantwortet. Jetzt haben wir einen zweiten Toten, und man muss schon ziemlich verdreht denken, wenn dies auch ein Mord gewesen sein soll.«

»Da haben Sie wohl Recht«, brummte Otterbach. »Und der Einzige, der so verdreht zu denken in der Lage ist, dürfte Irle sein.«

»So ungern ich das auch zugebe, aber dieser Irle ist tatsächlich dazu in der Lage.«

Sie schwiegen einen Moment. Büdenbender trank sein Glas aus und fragte: »Soll ich noch eins holen?«

»Gerne«, nickte der Landrat.

In diesem Moment wurde die Tür aufgerissen und Pfeiffer stolperte herein, dicht gefolgt von Tristan.

»Da haben wir Sie ja endlich gefunden«, rief der Hauptkommissar.

Verdutzt sah Büdenbender die beiden an.

»Was kann ich für Sie tun?« fragte er.

»Eine Menge«, stieß Pfeiffer aus.

7

Der Fahrer verstand sein Handwerk. Mit Blaulicht jagte der Polizeiwagen die Eisenstraße entlang, bis er in Hainchen auf die Landstraße nach Irmgarteichen traf. Von dort aus ging es über Gernsdorf, Rudersdorf nach Dielfen und weiter nach Kaan-Marienborn in Richtung Siegen.

Holzbaum war für die pechschwarze Nacht dankbar. So nahm er die an ihm vorbeirasenden Leitplanken nur halb wahr. Es gab so gut wie keinen Straßenverkehr, und erst als sie die Stadtgrenze erreichten, schaltete der Fahrer die Sirene ein.

Nach einer halben Stunde stieg Holzbaum vor der Kreispolizeibehörde aus.

»Wir warten hier«, sagte der Fahrer.

Holzbaum nickte und betrat das Polizeigebäude.

Wie sich herausstellte, war es gar nicht so einfach, einen Ansprechpartner zu finden, der ihm sagen konnte, wo er Mockenhaupts Sachen finden würde. Schließlich half ihm ein Polizeihauptkommissar, und er gelangte in eine Kammer, wo die gesuchten Dinge aufbewahrt wurden.

»Kann ich Ihnen sonst noch helfen?« fragte der Kollege.

»Danke, nein«, antwortete Holzbaum, »jetzt komme ich allein klar.«

Der Polizeihauptkommissar verabschiedete sich, und Holzbaum begann die Kleidungsstücke als Erstes zu durchsuchen. Vorsichtig tastete er die Hose ab und griff in die Taschen. Als er dort nichts fand, nahm er sich die Brieftasche und anschließend die Geldbörse vor. Auch hier fand er weder Lottoschein noch Quittung. Es folgten Hemd und Jacke, die ebenfalls keinen der gesuchten Belege enthielten. Zum Schluss nahm er sich den Rucksack vor. Nacheinander durchstöberte er die Taschen, doch auch hier fand sich kein Lottoschein.

Nach gut zehn Minuten griff er zu seinem Handy und wählte Pfeiffer an.

Zu diesem Zeitpunkt klärte der Hauptkommissar gerade den Staatsanwalt über den Stand der *nicht vorhandenen* Ermittlungen auf.

»Das klingt alles sehr verdreht«, meinte Büdenbender und sah Otterbach an.

Der Landrat grinste und schüttelte den Kopf, als wolle er damit sagen, dass er die ganze Zeit schon eine Ahnung gehabt habe.

In dem Moment klingelte Pfeiffers Handy.

Holzbaum teilte ihm das Ergebnis seiner Untersuchung mit, dann beendete Pfeiffer das Gespräch und sagte: »Nichts gefunden.«

»Wie ich es mir dachte.« Tristan sah Büdenbender an und forderte nachdrücklich: »Wir brauchen Ihr Okay, das Zimmer zu durchsuchen.«

»Fangen Sie an«, antwortete der Staatsanwalt, »und beeilen Sie sich, damit niemand etwas bemerkt. Ich hoffe nur, dass Sie mit Ihrer Vermutung richtig liegen.«

»Glauben Sie mir«, erwiderte Tristan, »das tue ich!«

Die beiden Männer verließen den Raum. Tristan kontrollierte den Biergarten und fand Daniela mit Chantal sowie Nadine mit Waltraut und Mike an ihren Tischen sitzend.

»Okay, die Luft dürfte rein sein«, sagte er zu Pfeiffer.

»Dann los«, Pfeiffer eilte als Erster die Treppe zu den Zimmern hinauf.

Sie hatten sich zwischenzeitlich einen Generalschlüssel vom Wirt besorgt, und so konnten sie unbemerkt das gesuchte Zimmer öffnen.

Pfeiffer leerte den Rucksack der verdächtigen Person und verteilte die Kleidungsstücke auf dem Bett. Tristan fing an, die Hose zu durchsuchen, während Pfeiffer sich den Rucksack vornahm.

»Haben Sie etwas?« fragte Tristan, nachdem die Taschen der Hose leer waren.

»Ja, sehen Sie mal hier.« Der Hauptkommissar hielt eine kleine, selbst gemachte Schleuder in der Hand.

»So ein verfluchter Mensch«, zischte Tristan und sah sie sich genauer an. »Damit hat er auf Marlowe geschossen, und ich habe das nicht mitbekommen.«

»Die Schleuder sieht aus, als hätte man sie für ein Kind gemacht«, sagte Pfeiffer und steckte sie als Beweismaterial ein. »Haben Sie die Oberbekleidung durchsucht?«

Tristan sah nach, aber dort fand er auch nichts.

»Dann wird unsere Zielperson die Sachen bei sich tragen«, meinte Pfeiffer. »Ich wünschte mir, meine Pistole wäre hier.«

»Es muss auch ohne eine Waffe gehen«, antwortete Tristan.

»Also greifen wir jetzt zu?« fragte Pfeiffer.

»Ja«, nickte Tristan.

Sie verließen das Zimmer, doch auf halbem Weg nach unten blieb der Detektiv stehen.

»Was ist?« fragte Pfeiffer genervt.

»Ich habe was vergessen«, grinste Tristan und kehrte um, um einige Minuten später mit seinem Wanderstock zurückzukommen.

»Was wollen Sie denn damit?« giftete Pfeiffer.

»Oh, Sie kennen doch Erich«, erwiderte der Detektiv, »er hat mit diesen Dingern seine positiven Erfahrungen gemacht.«

»Wie Sie meinen.« Pfeiffer eilte die Treppe hinunter, gefolgt von Tristan.

Im Restaurant bremsten sie ihren Gang und traten langsam in den Biergarten.

»Wo sind sie?« rief Tristan entsetzt, als er Nadines Tisch verlassen vorfand.

8

Der Alkohol begann langsam zu wirken. Die Worte flossen nicht mehr so spitz über die Zunge und Nadine fror auch nicht mehr. Mike und Waltraut ging es nicht besser, dennoch schaffte es der Ranger, eine seiner Geschichten zu erzählen.

»Wusstet ihr«, lallte er, »dass es hier an der Quelle einmal Riesen und ein kleines Mädchen gegeben haben soll?«

»Nein, Riesen«, wiederholte Nadine spöttisch.

»Ja«, nickte Mike.

»Ich hatte noch nie einen Riesen«, meinte Waltraut und kicherte.

»So?« Mike war etwas irritiert, fand dann aber zu seiner Geschichte zurück. »Also dieser Riese, sein Name lautete Geon, der lebte hier.«

»Wo genau?« fragte Nadine und sah sich um.

»Da unten.« Mike deutete auf den Quellteich.

»Da passt doch kein Riese rein.« Nadine schüttelte den Kopf.

»Das kann man von hier nicht sehen«, antwortete Mike.

»So? Dann zeig das mal genauer.« Waltraut stand auf und spürte die getrunkenen Gläser Bier.

»Ja, das will ich auch sehen«, nickte Nadine und stand ebenfalls auf. Ihr ging es besser.

»Wenn ihr wollt«, antwortete Mike und stand ebenfalls auf. Ihm schien der Alkohol weniger auszumachen.

Der Nebel war langsam über die Weide zur Quelle gezogen. Nasskalt drängte er zwischen den Bäumen hindurch und schwebte wie ein kaltes Leichentuch über dem Wasser.

»Was ist mit dem kleinen Mädchen geschehen?« fragte Nadine, während sie einem kaum erkennbaren Pfad zur Quelle folgten.

»Das kleine Mädchen war die Tochter des Grafen. Sie besuchte die Quelle, und hier am Wasser dachte sie gedankenverloren an ihren Bruder, der in der Ferne weilte«, erzählte Mike, während er vorausging.

»Süß«, lallte Waltraut und wäre fast gefallen, »ich hätte auch gerne einen Bruder.«

»Ups, pass auf«, meinte Nadine, die ihre Freundin stützte, »hier sind Wurzeln.«

Vorsichtig setzten sie ihren Weg ins Dunkle fort. Der Nebel wurde immer dichter.

»Der böse Riese, wie hieß der noch?« fragte Nadine, als sie den Quellteich erreichten.

»Geon«, antwortete Mike leise.

»Dieser Geon hat doch sicher die Tochter gefangen genommen«, sie lächelte Mike zu, der plötzlich neben ihr stand.

»Ganz recht«, hauchte Mike.

»Wo soll er denn nun gewohnt haben?« rief Waltraut, die kaum einen Meter weit sehen konnte.

»Am anderen Ende des Teichs«, antwortete Mike in den dichten Nebel.

»Ich kann nichts sehen«, sagte Nadine, »wo bist du, Waltraut?«

»Hier hinten.« Ein platschendes Geräusch drang aus dem Nebel, gefolgt von einem heftigen Fluch. »Ich bin ins Wasser getreten.«

In diesem Moment trat Mike hinter Nadine und hielt ihr den Mund zu.

Nadine reagierte nicht sofort, doch als er sie hochheben wollte, begann sie sich zu wehren.

»Wo bist du, Nadine?« rief Waltraut, wütend über ihren nassen Fuß.

Mike zog Nadine von der Quelle weg hinaus auf die Weide, wo der Nebel noch dichter war.

»Nadine?« rief Waltraut ängstlich, »lass das blöde Spiel!«

Tristan hörte Waltraut rufen und rannte an dem leeren Tisch vorbei zur Quelle. Pfeiffer folgte ihm.

»Wir müssen uns aufteilen«, rief der Detektiv.

Waltraut rief lauter nach ihrer Freundin, doch die antwortete nicht.

Der Nebel wurde in der Nähe des Teichs schlagartig dicker, und so verloren sich Pfeiffer und Tristan aus den Augen. Der Detektiv erreichte als Erster Waltraut, die beim Anblick des plötzlich auftauchenden Mannes erschrak.

»Wo ist der Ranger?« fragte er leise.

»Er war eben noch hinter mir«, stotterte Waltraut.

Tristan musste sich entscheiden, weiter um den Quellteich zu laufen oder dem Wasserlauf hinaus auf die Weide zu folgen.

»Pfeiffer, laufen Sie um die Quelle«, befahl er, ohne den Hauptkommissar zu sehen. »Ich gehe auf die Weide hinaus.«

Nadine war plötzlich hellwach. Sie spürte, wie der Ranger sie auf die offene Weide zog. Als Mike einen Moment seinen Griff lockerte, nutzte sie die Gelegenheit und schlug zu. Mike schrie auf, was einige Meter entfernt Tristan den ersten Anhaltspunkt gab. Nadines Instinkte übernahmen immer mehr die Kontrolle, und reflexartig setzte sie ihre erlernte Kampftechnik um. Mike war ein harter Gegner, doch je länger sich Nadine wehrte, umso näher schlich der Detektiv durch den dichten Nebel heran.

»Du kleine Schlampe«, zischte Mike, als er Nadine endlich im Würgegriff kampfunfähig hielt, »jetzt bist du dran.«

Tristan hörte Nadine nach Luft schnappen und wusste, dass Mike unmittelbar vor ihm sein musste. Intuitiv trat er noch einen Schritt näher heran und holte mit dem Wanderstab aus.

Er traf Mike direkt am Kopf. Ohnmächtig sackte der Ranger in sich zusammen. Tristan befreite Nadine aus dem Würgegriff.

»Danke«, hustete sie und rappelte sich auf.

»Kommen Sie, ich helfe Ihnen«, Tristan stützte Nadine und rief Pfeiffer um Hilfe.

9

»Mike haben Sie eine dicke Platzwunde verpasst«, tadelte Chantal, als Tristan sie nach ihrer Behandlung aufsuchte. »Aber ich denke, er hat es verdient«, fügte sie ernst hinzu. »Er wird keine bleibenden Schäden davontragen. Und von einer Gehirnerschütterung ist auch nichts zu erkennen.«

Tristan sowie die gesamte Truppe des Wanderausflugs saßen in dem kleinen Raum neben dem Restaurant. Auch Holzbaum war zurück aus Siegen gekommen und saß unweit seines Chefs, die beiden Streifenpolizisten bewachten Mike.

»Jetzt erklären Sie doch endlich«, drängelte Nadine, deren Alkoholkonsum ihr nicht mehr anzusehen war, »was hier eigentlich passiert ist.«

»Ja«, riefen Uwe und Gerd, die kurzerhand aus ihrem Schlaf geweckt wurden, nachdem Mike Nadine fast erwürgt hatte.

»Herr Irle, bitte«, sagte Büdenbender, »klären Sie uns auf.«

Tristan stand auf und wedelte etwas unbeholfen mit den Armen umher.

»Mir fehlt meine Pfeife«, sagte er verlegen. »Aber wenn der Staatsanwalt so nett bittet, dann erkläre ich Ihnen die Umstände gerne.

Es begann, wie Sie wissen, mit dem Mord an Martin Mockenhaupt. Nein, das ist eigentlich nicht korrekt.«

Tristan unterbrach sich und fing dann nochmals von vorne an.

»Es begann, als Martin Mockenhaupt im Streit mit Ihnen, Frau Henze, aus Ihrem Zimmer ging, um in Ruhe die Nachrichten des Tages anzusehen. Wie Frau Henze mir mitteilte, hatte Mockenhaupt noch, kurz bevor die Wanderung anfing, einen Tippschein abgegeben, wie er es mittwochs immer für die Tippgemeinschaft zu tun pflegte. Sie waren wütend, weil Sie dadurch fast zu spät in der Wache angekommen wären.

Nebenbei bemerkt, von der Tippgemeinschaft erfuhr ich durch Frau Müller.

Der Gemeinschaftsraum des Hotels in Holzhausen besaß einen Fernseher, und dort setzte sich Mockenhaupt hin und sah die Tagesthemen an. In einem benachbarten Raum grübelte zu diesem Zeitpunkt Ranger Mike über die Streckenführung. Ich nehme an, dass er sich im Laufe der Sendung zu Mockenhaupt gesetzt hat, denn der Hotelbesitzer hat ihn gegen Ende der Sendung zusammen mit Mockenhaupt beim Fernsehen gesehen. Als die Lottozahlen vorgelesen wurden, notierte sich Mockenhaupt die Zahlen. Er wird Mike in diesem Zusammenhang von der Tippgemeinschaft erzählt haben. Hätte Fortuna es an diesem Abend mit Martin Mockenhaupt und Paul Pommert gut gemeint, dann hätte sie wohl andere Zahlen ausgewählt. So aber begann Mockenhaupt die Zahlen mit denen seines Tippscheines zu vergleichen und siehe da, er hatte sechs Richtige getippt. Mike hat das alles verfolgt und muss ebenso überrascht gewesen sein wie Mockenhaupt, der sofort nach oben rannte.

Mike erkannte seine einmalige Chance, reich zu werden. Er musste nur die Quittung und den Tippschein in seinen Besitz bringen.

Die modernen Tippscheine enthalten keine Adresse mehr, und keiner hätte beweisen können, dass der Tippschein, einmal in seinen Händen, nicht von ihm stammte. Er musste nur die Zeugen loswerden, die die Zahlen regelmäßig tippten. Mike folgte also Mockenhaupt und holte ihn am Treppenende im ersten Stock ein. Er überraschte ihn, brach ihm das Genick und schubste ihn die Treppe hinunter.«

»Hat die Obduktion das ergeben?« fragte Büdenbender und sah Pfeiffer eindringlich an.

»Ja«, nickte der Hauptkommissar.

»Seit wann wissen Sie das?« hakte Büdenbender nach und korrigierte sich augenblicklich. »Ach, wissen Sie was, das ist eigentlich völlig egal.«

Pfeiffer blickte zu Tristan, der Büdenbender lächelnd zuzwinkerte.

»Für den Moment«, fuhr der Detektiv fort, »ging Mikes Plan in Erfüllung. Es sah aus, als wäre Mockenhaupt durch zu viel Alkohol im Blut die Treppe hinuntergefallen. Da dies von den meisten der Gruppe so angenommen wurde, konnte sich der Täter in Sicherheit wiegen. Für die nächsten Tage, das war dem Ranger klar, würde sich keiner für Lottozahlen interessieren, und er hatte genügend Zeit, die zwei verbleibenden Mitglieder der Tippgemeinschaft auf ähnliche Weise aus dem Weg zu schaffen.

Die nächste Gelegenheit bot sich ihm gestern Nacht, als Nadine sich spät abends noch für einen Gang ins Schwimmbad entschied und dies lautstark kundtat. Erinnern Sie sich an Mikes Verhalten? Die Pantomime? Heute ist mir klar, warum er sich so ins Zeug legte. Er wollte jeden in der Gruppe davon abhalten, fernzusehen oder sonstwie an Nachrichten von außen zu gelangen. Zudem machte sich die Gruppe zeitgleich auf, ins Bett zu gehen. Damit konnte er sicher sein, dass Nadine allein ins Schwimmbad unterwegs war. Denn dort lauerte er ihr auf und schlug sie bewusstlos nieder.«

»Oh, mein Gott«, rief Waltraut, »du hättest sterben können!«

»Es hat nicht mehr viel gefehlt, Frau Müller«, erklärte Tristan. »Ich hatte die Absicht, mich unter vier Augen mit Nadine zu unterhalten und bin ihr ins Schwimmbad gefolgt, wo ich sie kopfüber im Wasser treiben sah. Mir gelang es, Ihre Freundin ins Leben zurückzuholen.

Von diesem Zeitpunkt an stand für mich fest, dass ein Mörder in der Gruppe weilte. Ich informierte Herrn Pfeiffer und Herrn Holzbaum, und zusammen mit Frau Fischbach entschieden wir, nichts über diesen Vorfall verlauten zu lassen. Denn wir tappten noch ziemlich im Dunklen und hatten nur dann eine Chance, den Mörder zu überführen, wenn die Wanderung fortgesetzt wurde.«

»Aber wie konnte er wissen, dass Paul der Blitz treffen würde?« warf Uwe ein.

»Dazu komme ich jetzt«, sagte Tristan. »Aber zuvor gab es noch den Zwischenfall mit meinem Kakadu. Sie erinnern sich, Marlowe war plötzlich verschwunden.«

Die Zuhörer nickten.

»Sie müssen wissen, dass Marlowe nach dem Angriff auf Nadine auf die Polizeikommissarin aufpassen sollte. Niemand hätte sich in Anwesenheit meines Kakadus unbemerkt an sie heranschleichen können. Das merkte auch Mike, und da das erste Attentat schiefgegangen war, musste er es erneut versuchen, doch erst musste Marlowe aus dem Weg geschafft werden.

Er hatte sich zuvor bei Büdenbender über den Ablauf des Vormittags informiert und wusste, dass uns eine Überraschung erwartete. Unterwegs baute er unbemerkt eine kleine Schleuder, die wir in seinem Gepäck sicherstellten. Zudem fand ich einen ungewöhnlich runden Stein unter dem Baum, auf dem Marlowe gesessen hatte. Der Mistkerl hat es geschafft, auf Marlowe zu schießen, während wir Büdenbender zuhörten. Damit wurde Nadine von Marlowe getrennt.

Was dann folgte, muss ihm wie ein Geschenk des Himmels oder besser der Hölle vorgekommen sein. Es fing an zu gewittern, und wie zuvor bei Mockenhaupt nutzte er skrupellos die Gelegenheit, einen weiteren Kontrahenten loszuwerden.

Herr Nudel, Sie fragten eben, wie Mike wissen konnte, dass der Blitz Paul treffen würde. Nun, das konnte er nicht wissen, aber er realisierte schnell, wie das Gewitter zog, und er kannte sehr genau die örtlichen Verhältnisse. Er führte Sie zu der Hütte, von der er wusste, dass sie viel zu klein für alle Beteiligten war. Er kannte die Weide und die drei großen Bäume, die dazu einluden, Schutz vor dem Regen zu suchen, und er wusste, dass dort hinter einem Busch eine alte Tränke aus Eisen lag.

Jetzt brauchte er nur zu warten, dass das Gewitter über die Weide zog, denn die Chancen standen ausgezeichnet, dass der Blitz in die Bäume fuhr. Dass Sie beide, Herr Nudel und Herr Schlotter, noch am Leben sind, war Glück. Mike war es egal, ob Sie überlebten, er wollte Paul loswerden. Was ihm ja bedauerlicherweise auch gelang.«

»Aber wie haben Sie das alles herausbekommen?« staunte Nadine.

»Nun, ich habe ferngesehen«, antwortete Tristan.

»So viel zu der Kunst, verquer zu denken«, polterte der Landrat und erntete verständnislose Blicke.

»In der Sendung wurde darauf hingewiesen, dass sich der Gewinner des Lottospiels noch nicht gemeldet hatte. Ich telefonierte mit dem Wirt in Holzhausen, und als ich erfuhr, dass Mockenhaupt nicht allein ferngesehen hatte, da brauchte ich nur noch eins und eins zusammenzuzählen.«

»Und«, fragte Uwe aufgeregt, »haben Sie den Lottoschein bei ihm gefunden?«

»Ja, das haben wir«, antwortete Pfeiffer und stand auf.

Er ging zu Nadine und reichte ihr einen Umschlag.

»Herzlichen Glückwunsch«, sagte er leise, »Sie sind jetzt Millionärin.«

7. Man war sich einig …

Samstag, Lahnquelle – Giller

Man war sich einig, dass die Wanderung fortgesetzt werden sollte. Jetzt, wo keine Gefahr mehr bestand, wollten die Überlebenden die Natur entlang des Rothaarsteigs genießen.

»Was macht Ihr Fuß?« fragte Chantal den schwergewichtigen Holzbaum, als er wieder als Letzter das Hotel verließ.

»Alles in Ordnung«, lächelte der Kommissar, »das Wasser der Ilsequelle hat anscheinend geholfen.«

Tristan freute sich auf seine Freundin.

Helga Bottenberg betrieb ein Restaurant und eine kleine Pension auf der Ginsberger Heide am Fuße des Gillers. Der Steig führte direkt an der Pension vorbei, und so hatte sie in den Frühjahrsmonaten und in den Spätsommertagen immer gut zu tun. Mit Vorfreude schulterte Tristan seinen Rucksack und griff beherzt nach dem Wanderstock, der erstaunlicherweise keinen einzigen Kratzer abbekommen hatte.

Büdenbender war froh, dass der Landrat sich entschieden hatte, noch bis zum Giller mitzuwandern. Dort bei Helgas Pension würde ihn dann sein Fahrer abholen. Die anderen blieben bei ihrem Plan, bis zum Rhein-Weser-Turm durchzuwandern. Eine Nacht aber wollten sie in der Pension von Helga verbringen.

Büdenbender gab das Zeichen zum Aufbruch. Ihr Weg führte sie in Richtung Norden zur Siegquelle und von da aus weiter zum Giller. Die ersten paar hundert Meter wanderten sie wegen der schmalen Eisenstraße hintereinander, bis sie kurz vor dem Lahnkopf in den Wald abbiegen konnten. Tristan nutzte die Gelegenheit und gesellte sich zu Nadine.

»Wie ist es so, als Millionärin aufzuwachen?« fragte Tristan freundlich.

»Wie immer«, antwortete sie verlegen. »Ich weiß noch gar nichts mit dem Geld anzufangen.«

»Dann ist es ja gut, dass Sie hier mit Ihren Freunden die Zeit haben, über alles nachzudenken.«

»Ja, und danke nochmals für die zweite Rettung«, sie umarmte ihn liebevoll, und Tristan hatte den Eindruck, ein paar Tränen der Rührung in ihren Augen zu sehen.

»Nicht der Rede wert«, sagte Tristan, der bei diesem Gefühlsausbruch ein wenig verlegen wirkte.

Büdenbender stimmte in diesem Moment ein Lied an, und Tristan war froh, mitsingen zu können.

Sie wanderten, ohne dass sie es merkten, mit stetigem Tempo und hatten nach einigen Stunden die Siegquelle erreicht.

»Ist das Wasser nicht erfrischend!« rief Pfeiffer und füllte sich seine Wasserflasche.

»Wusstet ihr«, begann Büdenbender, der ebenfalls seine Wasserflasche füllte, »dass es hier zur Quelle eine Sage gibt?«

»Lassen Sie mich raten«, rief Waltraut, »sicher

geht es wieder um einen Riesen, der die Quelle bewachte und irgendetwas Schreckliches mit den Menschen anstellte.«

»Woher wissen Sie das?« staunte der Staatsanwalt.

»Nun ja«, grinste Waltraut und sah sich in der Runde um, »unsere Vorfahren schienen ein Faible für *große* Männer zu haben.«

Nadine musste kichern, und da verstanden die anderen, was Waltraut sagen wollte.

»Frau Müller«, Otterbach schüttelte amüsiert seinen Kopf, »Sie sind mir ja eine.«

»Nun, dann lassen wir das mit der Geschichte«, seufzte der Staatsanwalt.

Nach einer kurzen Pause gingen sie weiter und folgten dem Wanderpfad bis zur Ederquelle. Von dort ging es nach Lützel und hinunter zu Helgas Pension.

Marlowe wurde unruhig, als er die offene Ginsberger Heide wiedererkannte.

»Na, dann flieg los«, forderte Tristan ihn auf und gab ihm einen Schubs.

Marlowe flatterte einige Meter hoch, drehte einen Kreis und flog dann kerzengerade in Richtung Pension.

»Wir dürften angekündigt werden«, rief Tristan in die Runde.

»So?« staunte Büdenbender. »Mal sehen.«

Die Gruppe bewegte sich jetzt, wo sie die Pension von weitem erkennen konnte, noch einen Schritt schneller.

Tristan hatte sich etwas zurückfallen lassen und merkte, dass Büdenbender das Gleiche tat. Schließlich gingen die beiden Männer zusammen.

»Was ich Sie noch fragen wollte«, begann Tristan und sah den Staatsanwalt dankbar an, »haben Sie eigentlich mal Stimmenimitation zu mitternächtlicher Zeit betrieben?«

Büdenbender grinste und antwortete: »Ich habe mich schon die ganze Zeit gefragt, wann Sie mich das endlich fragen würden.«

Ein Dankeschön ...

... an alle, die mir bei diesem Buch geholfen haben. Mein besonderer Dank gilt der Kreispolizeibehörde Siegen-Wittgenstein, insbesondere Polizeioberkommissar Uwe Weinhold, der mich über die unterschiedlichen Dienstgrade und über die Ausbildungswege der Polizei informierte. Marlis Klein, Dr. Jürgen Kühnel, Ralph Rottler, Maria Leyener und Anja Georg haben sich um das Manuskript gekümmert. Ihre Hilfe ist wie immer gar nicht hoch genug zu schätzen, danke. Darüber hinaus sei denen gedankt, die den Rothaarsteig mit all seinen Attraktionen ins Leben gerufen haben und pflegen. Ohne diesen Wanderweg wäre diese Geschichte nicht entstanden.

Der Autor:

Ralf Strackbein lebt in Siegen. Absolvierte ein Magister-Studium an der Universität Siegen. Schrieb als freier Mitarbeiter während des Studiums Filmkritiken und Reportagen für eine Tageszeitung. Nach Abschluss des Studiums war er als Pressereferent in Frankfurt a.M. beschäftigt. Seit Sommer '96 als freiberuflicher Presse- und PR-Berater für Siegerländer Unternehmen tätig.

In dieser Reihe bereits erschienen:

Tristan Irle und der Rubensmord (1991)

Eigentlich sollen die Feierlichkeiten zum 350. Todestag von Peter Paul Rubens friedlich und ohne größeres Aufsehen in der Stadt Siegen gefeiert werden. Doch das ändert sich schlagartig, als man eine Leiche im Vorhof des Oberen Schlosses findet. Privatdetektiv Irle übernimmt den Fall und muss bald feststellen, dass mehr hinter dem Fall zu stecken scheint, als es vordergründig aussieht.

Tristan Irle – Eine Leiche auf der HTS (1992)

Friedlich bereiten sich die Bewohner des Siegerlandes auf das Weihnachtsfest vor. Doch plötzlich wird die festliche Ruhe gestört, als man eine Leiche im Schnee begraben findet. Tristan Irle übernimmt die Aufklärung des mysteriösen Mordes. Dabei verfängt er sich in einem Netz von Intrigen, Bestechungen und Lügen.

Tristan Irle – Mord Pur (1993)

KulturPur – seit Jahren ein Begriff für ein Fest der besonderen Art. Tristan Irle gönnt sich ein paar Tage Urlaub auf dem Giller und trifft dort Pensionsbesitzerin Helga Bottenberg. – Eine Frau, in die er sich verlieben könnte? Beschaulichkeit bestimmt den Tag, bis ein hinterhältiger Anschlag die Idylle zerstört.

Tristan Irle – Die Abseitsfalle (1994)

Die Damenmannschaft des SC Siegen hat es wieder geschafft. Sie steht im Endspiel um die deutsche Meisterschaft. Doch dann verunglückt auf mysteriöse Weise ein Mitglied des Vereins. War es Mord? Diese Frage soll Tristan Irle klären. Voller Tatendrang stürzt er sich ins Spiel. Doch das Spiel ist nicht fair, und er durchschaut die heimtückische Abseitsfalle.

Tristan Irle – Das sexte Gebot (1995)

Seit Tagen ziehen Regenschauer über das Siegerland. In dicke Regenjacken gehüllt, gehen die Menschen ihren Geschäften nach. Plötzlich erschüttert des Nachts eine fürchterliche Autoexplosion die Stadt. Es gibt einen Toten. Zur gleichen Zeit findet Tristan Irle ein Findelkind in der Marienkirche. Die Polizei steht vor einem Rätsel. Haben beide Ereignisse etwas miteinander zu tun?

Tristan Irle und das Rathauskomplott (1996)

Weihnachtsmarkt in Siegen. Es ist der Beginn der Adventszeit. Plötzlich erschüttert ein fürchterlicher Fund auf dem Weihnachtsmarkt die Gemüter. Schockiert schalten sich Staatsanwaltschaft und Polizei ein. Ihnen eine Nasenlänge voraus ist eine junge Journalistin. Sie vermutet Verbindungen zum Rathaus und bittet Detektiv Tristan Irle um Hilfe. Machenschaften allerorts und der kommunale Filz drohen schließlich die Ermittlungen fast zu ersticken.

Tristan Irle – Der Braumeister (1997)

Der junge Braumeister Roland Eichbaum hat die Idee seines Lebens. Er möchte Bier in Asien brauen. Die Verhandlungen sind in vollem Gange, als plötzlich ein Mord die Bierbrauer der Region erschüttert. Bis Tristan Irle durch die trübe Suppe von Verdächtigungen eine klare Spur findet, muss er so manches Glas Bier leeren, und nicht selten beginnt die Recherche mit einem lauten: Prost! Und da ist dann auch noch ein geheimnisvoller Chiffrierschlüssel, der Tristans Ermittlungen behindert.

Tristan Irle – Gegen den Strich (1998)

Die kleine Großstadt Siegen steht im Fokus der Weltöffentlichkeit. Im Medien- und Kulturzentrum laufen die letzten Vorbereitungen auf Hochtouren für eine ganz besondere Ausstellung, als ein Siegener Künstler zu Tode kommt. Tristan Irle beginnt seine Ermittlungen, was Künstlern und anderen Kreativen gegen den Strich geht. Dann muss Irle feststellen, dass die Kunstszene genauso schillernd ist wie eine Malpalette.

Tristan Irle – Tödliche Doktorspiele (1999)

Im Arzt-Gelöbnis steht: »Ich werde meinen Beruf mit Gewissenhaftigkeit und Würde ausüben. Die Erhaltung und Wiederherstellung der Gesundheit meiner Patienten soll oberstes Gebot meines Handelns sein.« Diesen Satz haben auch die Ärzte in einem Krankenhaus in Siegen gelobt. Doch eines Morgens findet man eine tote Patientin. Und wie sich herausstellt, wurde sie falsch behandelt. Chefarzt Dr. med. Killian steht plötzlich unter Mordverdacht, doch er behauptet, unschuldig zu sein. Privatdetektiv Tristan Irle wird eingeschaltet, um den mysteriösen Todesfall zu untersuchen. Ihm gegenüber eine Schar weißer Kittel, die alle etwas zu verbergen scheinen.

Tristan Irle – Siegener Maskerade (2000) gebunden

Schriftsteller Raffael Leich trifft sich im Geheimen mit dem persönlichen Referenten des Bürgermeisters. Ein mysteriöses Bild wechselt den Besitzer, dann fallen plötzlich Schüsse. Raffael kann fliehen. Tags darauf wird Privatdetektiv Tristan Irle eingeschaltet, um zu ermitteln. Zur gleichen Zeit bereitet der Anwalt Hallenberger eine Millionen-Spende für die Stadt Siegen vor, um mit dem Geld das Projekt Apollo-Theater zu finanzieren. Steht der Mord etwa mit dem Theaterprojekt in Verbindung? Welche Rolle spielen Schriftsteller Raffael Leich und der Bürgermeister? Und da ist da noch das geheimnisvolle Bild. Im Buch enthalten: ein ausklappbarer Abzug des mysteriösen Bildes.

Tristan Irle – Eisenhart (2001)

Die Stadtkasse – so ausgetrocknet wie ein afrikanisches Wadi – treibt Stadtkämmerer Goldmann den

Schweiß auf die Stirn. Sein Chef, der Bürgermeister, eröffnet unterdessen ein neues Museum und weiß selbst nicht so recht, wie er die anstehenden finanziellen Probleme lösen soll. Tristan Irle, Privatdetektiv, ist an diesem Tag einer Einladung auf das Segelfluggelände nahe der Stadt gefolgt. Dort muss er einen schrecklichen Unfall mit ansehen. Der Detektiv beginnt zu ermitteln und dabei entpuppt sich die scheinbar eingeschworene Fliegergemeinschaft als lebensgefährliche Bedrohung für Tristan und seine Freunde.

Tristan Irle – Die Fürstenjagd (2002)

Es ist Jagdsaison im Wald des Fürsten zu Widerstein. Allerlei Prominenz aus dem Ausland trifft sich nahe Bad Berleburg in einem Forsthaus, um zusammen mit Fürst Siegfried dem Wild auf die Pelle zu rücken. Vom Jagdfieber gepackt, verteilen sich die Herrschaften im Wald. Schüsse fallen und plötzlich ertönen Jagdhörner. Wenig später wird die Jagd abgebrochen, denn im Wald liegt ein Toter. Tristan Irle, Privatdetektiv, als Treiber bei der Jagd dabei, übernimmt die Ermittlungen. Die stellen sich als äußerst schwierig heraus. Die Jagdgäste aus höchsten adeligen Kreisen schweigen, bis die Beweislast immer erdrückender wird.

Tristan Irle – Lokalzeit (2003)

Die Journalisten des regionalen Fernsehsenders sind ein eingespieltes Team. Erhöhter Stress gehört bei ihrem Job zum Alltag, und da bringt es den verantwortlichen Fernsehredakteur nicht sonderlich aus der Ruhe, als ein Übertragungswagen für die aktuelle Stunde liegen bleibt. Doch als vor laufender Kamera jemand stirbt, da liegen plötzlich bei allen Beteiligten die Nerven blank. Noch ahnt keiner, dass dies der Auftakt zu einer unheimlichen Mordserie ist.

Tristan Irle, Privatdetektiv, übernimmt die Ermittlungen. Und die führen ihn überraschend zu einem großen schwedischen Möbelhaus, dessen Ansiedlung zum Interessenkonflikt mächtiger Parteien geführt hat. Schließlich drängt sich dem Detektiv die Frage auf: Hat das Rathaus etwas mit dem Mord zu schaffen?

Tristan Irle – Baum fällt! (2004)

Die heimische Politprominenz ist hocherfreut. Der brasilianische Botschafter besucht anlässlich einer Fürst-Johann-Moritz-Ausstellung die Region. Eine gute Gelegenheit die Gäste aus Übersee in den Wald einzuladen, um uralte Haubergstradition zu vermitteln. Der Botschafter ist begeistert. Weniger enthusiastisch zeigen sich die Kuratoriumsmitglieder der Ausstellung sowie die verantwortlichen Historiker, allen voran die Rektorin der Universität. Und dann endet der Ausflug für einen Gast auf mysteriöse Weise tödlich.

Tristan Irle, Privatdetektiv, beginnt zu ermitteln. Bald stellt er fest, dass die feine Gesellschaft der

Ausstellungsmacher ihre eigenen dubiosen Ziele verfolgt. Und schließlich gerät der Privatdetektiv ins Schussfeld, denn im Hintergrund agiert noch der Geheimdienst …

Tristan Irle – Die zitternden Tenöre (2005)

Der Männergesangverein *„Pro Patria"* steht vor einer großen Herausforderung. Zusammen mit dem engagierten Chorleiter Gottfried Kunze möchten die Mitglieder nach 100-jährigem Bestehen endlich den Status „Meisterchor" erlangen. Sie proben, bis ihre Stimmbänder zittern, doch dann geschieht während der Probenpause ein Mord. Chorleiter und Erster Vorsitzender sind sich einig, dass dieses hinterhältige Attentat nur einer aufklären kann. Sie engagieren den Privatdetektiv Tristan Irle.

Die Tenöre verfolgen misstrauisch Tristans Ermittlungen. Je mehr der Detektiv in ein klebriges Geflecht aus Intrigen dringt, desto gefährlicher wird es für ihn. Und dann stellt sich plötzlich heraus, dass das Opfer einen berühmten Verwandten hat.

Nicht jeder der genannten Titel ist immer lieferbar. Vergriffene Titel werden in einem bestimmten Rhythmus wieder aufgelegt. Fragen Sie bitte im Einzelfall bei Ihrem Buchhändler nach, welche Titel lieferbar sind.